「오? 어서 오세요.」

여관주인
알렉

「『숙박하면 죽지 않는다.』는 소문이 도는 여관을 찾아서, 이곳까지 왔다만.」

로렛타

「라면이 정말로 좋답니다.」

모린이 앳된 목소리로 말하며
라면을 빨아 들였다.

제정신을 잃기 직전인 그 한 환경 속에서

이 온기만이 그녀의 마음을

지탱하고 있기 때문일지도 모른다.

「저기, 알렉 님. 저는

모린

요미

「나는 요미. 수인인 요미야. 잘 부탁해.」

알렉의 아내라는 여성은
식당의 카운터 안에 있었었다.
작고 귀여운 수인이었다.
뾰족한 삼각형의 귀가 머리에 있었다.
복슬복슬하면서 길고 두툼한 꼬리가 보였다.
털색은 황금빛으로,
램프의 불빛에 반사되어 희미하게 빛났다.

목차

1장

로렛타의 '화원' 제패

P003

2장

모린의 '저택' 침입

P173

INN

세이브&로드가 되는 여관

~레벨을 초월한 전생자가 여관에서 새내기 모험자 육성을 시작한다네요~

이나리 류

illustration 카토 이츠와

'죽지 않는 여관'.

모험가라면 누구나 관심을 가질 만한, 그런 소문을 가진 여관이 있었다.

소녀 로렛타는 어떤 목적을 갖고 밑져야 본전이라는 심정으로 여관에 당도한다.

그곳에서 알게 된 '죽지 않는 여관'의 비밀이란?

"세이브 포인트랍니다."

그 여관은 자신이 이세계에서 왔다고 주장하는, 레벨을 초월한 모험가가 '세이브 포인트 설치 능력'을 살려 경영하는 곳이었다.

모험가 일을 은퇴하고 여관을 경영하고 있기는 하지만 신출내기 모험가의 수행을 돕고 있다는 모양이다.

로렛타는 삼촌이 던전 안에서 잃어버린 '가주 증명 반지'를 되찾기 위해 강해져야 했다.

그녀는 여관 주인인 알렉에게 수행을 요청하는 처지가 되었는데…….

1장

로렛타의 『화원』 제패

'은 여우 여관'

그 여관은 대로에서 벗어난 뒷골목에 있었다.

석조로 만들어진 허름한 2층 건물.

그 자체로는 별문제가 아니지만, 그녀가 보기에 여관 간판을 걸기에는 폭이 좁은 듯도 했다.

그녀는 조금 전부터 안절부절못하고 있었다.

기품 있는 용모를 타고 난 탓에 지저분한 뒷골목에 적응하기 어려운 것이리라.

타오르는 듯 새빨간 머리카락.

얇아 보이는 갑옷은 주문 제작품으로, 몸에 썩 잘 맞았다.

허리에 찬 롱소드는 손잡이에 보석이 달린 물건으로, 결코 화려하지는 않지만 척 보아도 고급스러운 물건이었다.

어딜 봐도 뒷골목을 돌아다닐 사람 같지는 않았다.

그런 그녀가 이곳을 찾은 것은 한 가닥 희망 때문이었다.

그 여관은 어떤 신비로운 소문과 엮여 있었다.

'그 여관에서 숙박하면 죽지 않는다.'

던전을 탐험하면서 몬스터와 싸우는 걸 업으로 삼는 모험가의 입장에서는 그야말로 꿈만 같은 이야기였다.

모험가에게 가장 중요한 건 실력이지만 운 역시 무척 중요하게 생각했다.

따라서 그녀는 듣기만 해도 마음이 든든한 소문이 있는 여관이라면 발 디딜 틈 없이 사람들로 북적이겠구나 싶었다.

그러나 눈앞의 여관은 아무리 살펴보아도 허름하기 짝이 없는 낡은 건물이었다.

그저 뜬소문에 불과했던 걸까.

그녀는 경계를 늦추지 않고 여관에 들어섰다.

"오? 어서 오세요."

내부는 평범했다.

카운터에는 튼튼해 보이는 셔츠를 입고 앞치마를 두른, 접수 담당으로 보이는 남성이 앉아 있었다.

2층으로 이어진 계단과 안쪽으로 넓게 펼쳐진 공간이 엿보였다.

지금껏 그녀가 머물렀던 여관과 같은 구조라면 식당이리라.

남성이 접수를 담당하는 건 보기 드문 일이었다. 이런 일은 잡일을 담당하는, 그러나 노예는 아닌 여성이 주로 맡았으니까.

남성의 종족은 인간이었다.

연령은…… 한눈에 알기 어려웠다.

젊어 보였지만 어딘가 차분한 분위기가 흘렀다.

10대로 보이지는 않았지만 20대라고 해도 40대라고 해도 믿을

법 했다.

청년처럼도 중년처럼도 보이는 남성이 고개를 갸웃했다.

"숙박인가요?"

그제야 그녀는 퍼뜩 정신을 차렸다. 여관에 들어와서 말없이 주변만 두리번거리면 아무래도 수상하겠지.

헛기침을 하고는 입술을 뗐다.

"그, 그렇군. 아, 아니, 그 전에…… 좀 이상한 질문이 될 수도 있다만, 물어도 괜찮겠나?"

"편하게 물어봐요."

접수대에 앉은 남성이 옅게 미소 지었다.

모험가 중에는 보기 드문 타입의, 부드러운 분위기에 그녀는 가슴이 살짝 뛰었다.

"실은…… '숙박하면 죽지 않는다'는 소문이 도는 여관을 찾아서 이곳까지 왔다만……."

"아, 소문이라면 저희 여관이 맞긴 합니다. 다만, 내용이 조금 다르지요."

"그렇군……. 그런데 내용이 다르다니?"

"죽지 않는 건 아닙니다."

"그렇군."

그럴 줄 알았다. 그녀는 고개를 끄덕였다.

죽지 않는 건 아니다.

물론 당연한 일이다. 숙박했다고 해서 절대로 죽지 않는 여관 따위가 존재할 리 없었으니까.

마법도, 신의 기적도, 다양한 종족도 존재하지만 소생이나 불사성을 부여하는 마법은 없다.

신의 기적을 믿더라도 죽을 때는 죽고, 늙지 않는 종족은 있어도 죽지 않는 종족은 없다.

남자의 솔직한 고백을 들은 그녀는 좋은 인상을 받았다.

여관도 결국은 장사다. 보통은 '죽지 않는다며?' 라고 묻는다면 '물론이지요!' 라고 대답하고 비싼 방을 권하는 여관이 많으리라.

그녀는 그가 보여준 성실함에 긴장을 풀고 재차 물었다.

"그럼 소문의 진상은 무엇이지?"

" '죽기는 하지만 죽는 걸 없었던 일로 만드는' 것이지요."

"……그건, 죽지 않는다는 것과는 다른가?"

"으음, 이쪽 세계 사람이 이해할 수 있는 설명을 하려면 조금 어렵겠군요."

——이쪽 세계 사람?

묘한 표현이었다. 흡사 자신이 다른 세계에서 오기라도 한 듯한…….

그녀는 다시 긴장하며 되물었다.

"그럼? …… '죽지 않는 여관' 의 주인은 전직 모험가라고 들었다만, 그 사람에게서 지도를 받으면 강해질 수 있다는 건가?"

"일단 지도야 하고 있기는 합니다만……. 신인 육성도 업무의 일환이라고 여기고 있으니 말이죠."

"……이해가 잘 안 되는데. 미안하지만 여관의 주인을 좀 만날 수 있나?"

"접니다."

"뭐?"

"제가 이 여관의 주인입니다."

부드러운 분위기가 감도는 남성이 잘라 말했다.

쓴웃음을 머금은 모양새가 이런 반응에는 익숙해졌다는 것처럼 보였다.

그러나 그녀는 의아했다.

모험가는 보통 거친 사람들이다.

기본적으로 체력 승부가 많은 위험한 직업이기에 모험가가 아니었다면 달리 뭘 했을까 싶은 난폭한 사람이 많았다.

자연히 거칠고 난폭하며 고집이 세다. 말보다는 주먹을 먼저 휘두를 법한 사람들이 대다수였다.

그러나 눈앞에 있는 남성의 온화한 태도는 '모험가스러움'과는 영 거리가 멀어 보였다.

귀족적이라고 해야 할지. 몸에 익은 교양이 엿보였다.

뒤집어 말하면 검 같은 건 쥐어 본 적도 없을 분위기였다.

"정말 미안하지만 당신은 전직 모험가처럼 보이지 않는군……. 손님을 시험해 보려는 건가?"

"사실을 말해도 항상 그런 식이더군요. 제가 그렇게나 모험가처럼 안 보이나요?"

"절대로 그렇게는 안 보여. ……신출내기 모험가인 나도 쉽게 이길 수 있을 것 같은 인상이군."

"아니, 그쪽의 스테이터스로는 어렵지 않을까 싶은데요……."

"스테이? 뭐?"

"……혼잣말입니다. 뭐, 일단은 증명해 보라 한다면 증명하겠는데…… 그 전에 한 가지만 해 주셨으면 하는 게 있습니다."

"뭐지?"

"음, 그게 말이죠."

남성이 자리에서 일어나 오른손을 옆으로 내밀었다.

그러자 손을 뻗은 자리에 신비로운 물체가 출현했다.

허공에 뜬, 사람 얼굴 정도 크기의 구체였다.

희미하게 빛을 뿜으며 위아래로 두둥실 움직이고 있었다.

그러나 주변을 떠돌지는 않고 어느 지점에 고정된 것처럼 보였다.

마법의 일종일까. 그녀로서는 본 적도 없는 현상이었다.

"이건?"

"이게 바로 우리 여관의 특징이지요. 다른 여관에서는 제공할 수 없는 서비스라고 해야 하나……. 저기, 이 세계 사람이 이해할 수 있을 만한 좋은 어필 방법이 없어서, 선전 효과는 크지 않지만요."

"그래서 정체가 뭐란 말이지?"

"세이브 포인트입니다."

……그게 무슨 소린지.

그녀는 어안이 벙벙했다.

"좀 전부터 신기한 말들을 늘어놓고 있군……. 새로운 사기 수법, 뭐 그런 건가?"

"그럴 생각은 조금도 없습니다. 음, 역시 이 세계의 여러분께 제

상식을 있는 그대로 전달하는 건 어렵네요……. 이것만큼은 10년이 흘러도 늘지를 않아요."

남성이 머리를 긁적였다.

10년이 흘러도——라는 건 여관을 경영한 지가 10년이 흘렀다는 걸까. 아니면 모험가 경력이 10년이라는 걸까. ……둘 중 어느 쪽인지도 확신할 수 없었다.

남성은 한숨을 쉬고 영업 스마일을 띠었다.

"어쨌든, 하시죠."

"뭘 말이지?"

"제가 전직 모험가로 보이지 않으니 실력을 시험해 보고 싶으시잖아요?"

"아니, 뭐. 그게 가장 손쉽지 않을까 싶기는 하지만…… 설마 진짜로 해 보겠다는 뜻인가?"

여관에 들어와 점주의 실력을 시험한다는 것 자체가 상식에서 벗어난 행동이었다.

그녀도 '간단히 이길 수 있겠다'고 말했지만 '그렇다면 승부하자'라는 의도는 아니었다.

도장 깨기도 아니고, 보통은 이렇게 되지 않겠지.

그러나 남성에게는 자연스러운 흐름인 모양인지 고개를 끄덕였다.

"그렇지요. 저희 여관을 찾은 손님들은 아무래도 '전직 모험가인 점주'가 '저'라는 사실이 믿기지 않는 모양이라, 언제부터인가 실력을 시험해 본다는 게 당연한 일이 되어서요."

"······신기한 여관이로군."

"이런 신기함을 목표로 한 게 아니지만요."

남성이 쓴웃음과 함께 대답했다.

다소 당혹스럽기는 했지만, 그녀는 그것도 괜찮겠다고 생각을 바꾸었다.

확실히 가장 손쉬운 방법이었다. 분위기는 얼마든지 얼버무릴 수 있지만 검을 마주한다면 실력을 얼버무릴 수는 없을 테니까.

'전직 모험가인 점주가 경영하는, 숙박하면 죽지 않는다는 여관'은 정말 이곳일까.

점주의 실력이 확실하다면 적어도 '전직 모험가인 점주' 부분만큼은 증명되는 것이다.

"좋아. 그럼 미안하지만 실력을 시험해 보도록 하지."

"아, 하지만 그 전에 중요한 이야기가 있어요."

"이번에는 또 뭐지."

"세이브하시죠."

"뭐?"

그녀는 고개를 갸웃했다.

남성은 온화한 분위기 그대로,

당연한 사실을 보고하듯 말했다.

"힘 조절은 하겠지만 자칫 잘못해서 목숨을 잃게 되면 곤란한 일이니 세이브를 하시길 권합니다."

어떤 사태가 벌어지더라도 자신이 패배하는 미래 따위는 존재할 리가 없다는 듯한, 그런 확신이 담긴 말이었다.

○

세이브한다.

수수께끼의 구체를 향해서 그렇게 선언하면 남성이 요구한 의식은 끝이라는 모양이다.

그녀는 자신의 몸 전체를 살폈다.

특별한 변화는 없었다. 주변 풍경도 역시 변화는 없었다.

정말로 '세이브한다'고 선언했을 뿐.

"이제는 죽었을 때 이 시점부터 다시 시작할 수 있어요. 다만 주의할 점이 몇 가지 있습니다. 잃어버린 장비, 아이템, 소지금은 돌아오지 않습니다. 대신에 기억도 경험도 사라지지 않으니 죽을 때마다 다시 시작할 수 있습니다. 실제로 저는 이 방식으로 수많은 던전을 제패했으니까요."

던전 제패.

……모험가의 상식으로 보면 그것은 지나치게 자신감이 넘치는 발언이었다.

던전 공략에는 세 가지의 단계가 있었다.

조사.

탐색.

제패.

그렇게 세 가지였다.

우선은 발견한 던전을 조사한다.

맵핑, 그리고 길드가 추천 모험가 레벨을 결정하는 것이 바로 이 단계다.

이것은 왕국의 승인을 얻은 전문 기관의 업무였다.

……맵핑을 진행하는 사람을 지키는 일이라면 모험가도 가능하다. 위험하기도 하고 스트레스가 격심하여 하겠다고 나서는 자는 많지 않았지만.

다음 단계가 탐색이었다.

던전에 등장하는 몬스터의 강력함과 자신의 강함을 고려하며, 모험가가 의뢰를 받아 수행하는 단계이다.

주로 사용되는 '강함'의 단위는 '레벨'로 치환된다.

그 레벨은 모험가 길드, 혹은 왕실 던전 조사국이 실시하는 '레벨 검정'에 합격할 때 상승한다.

그런 과정을 거쳐 결정된 레벨을 기준으로 퀘스트의 레벨을 대조해 의뢰를 수주할지를 결정하게 된다.

자신의 레벨보다 추천 모험가 레벨이 높은 퀘스트를 수주할 수 없다는 등의 제한은 없었다.

그러나 제 발로 죽으러 가는 일이나 다름없기에 기본적으로는 자신의 레벨보다 추천 레벨이 낮은 퀘스트를 수주하게 된다.

검정을 통해 레벨을 올려서 보다 보상이 좋고 보다 레벨이 높은 퀘스트에 도전한다——.

이것이 일반적인 모험가의 업무이며, 삶이었다.

마지막 과정으로 제패가 있었다.

던전 마스터라고 불리는, 던전의 가장 깊은 곳에 잠든 괴물을 해치움으로써 성취할 수 있는 위업이었다.

지극히 일부의, 신에게 선택받은 재능을 가진 모험가만이 달성할 수 있는 업적.

대부분의 던전 마스터는 던전에 출현하는 다른 몬스터와는 비교하기가 민망할 정도로 강력했다.

통상적으로 던전은 몬스터를 낳지만──.

던전 마스터를 해치우면 그곳에서는 더 이상 몬스터가 생겨나지 않는다.

따라서 던전 제패는 '탐색'과 비교해 훨씬 상금이 높았다.

그만큼 난이도가 높고 권장 레벨도 높다.

제패 퀘스트를 달성할 수 있는 모험가는 1만 명 중에 한 명이라 말할 정도였다.

그렇다면 눈앞의 남성은 그 '1만 명 중에 한 명'이라는 이야기다.

그녀는 자신을 이해시키기 위해 고개를 끄덕였다.

"……뭐, 모험가를 그만두고 여관을 경영하고 있는 게 사실이라면 간단한 던전 하나쯤 제패했을 법도 한가."

"그렇지요. 확실히…… 50개 정도 될까요. 취미로 여관을 운영할 정도로는 벌었지요."

"이봐, 잠깐만. 아무리 그래도 50개라니……. 농담이 과하군. 여관도 일단은 장사이니 박력 있는 선전 문구가 좋기는 하겠지만 아무리 그래도 현실성이 없으면 단순한 거짓말에 지나지 않을 텐데. 10분의 1로 줄여도 전설급 위업인데, 지금껏 소문이 안 날 리가 없잖은가."

"너무 떠들썩해지지 않도록 여왕님과 길드장님께 부탁드렸지요."

"……그렇게까지 거짓말 같으면 오히려 진짜인가 싶어질 지경이로군. 그게 사실이라면 이렇게 초라한 여관의 주인인지 아닌지도 불분명한 그대가 길드장이나 여왕 폐하의 지인이란 말인가? 아무리 따져도 이상한데. 아니면 방금 그 말은 농담이었나?"

"믿기 어려울 만하지요. 그럼 우선 실력 쪽이라도 믿어 주시겠어요? 뭐, 합을 맞춰 보면 믿어 주시겠지요. 가 볼까요."

남성이 팔을 뻗었다.

그녀는 망설였다.

"정말 하는 건가? 난 이래 봬도…… 몬스터만이 아니라 사람을 상대로 한 검술도 나름대로 단련해 왔네. 그리고 상대가 평범한 여관 접수원이라도, 승부를 하는 이상 봐주지는 않을 생각일세."

"아, 저도 그럴 생각이에요. 그러니 세이브를 부탁하기도 했고. 그리고 힘 조절하는 걸 좋아하지 않거든요. 결국엔 상대를 얕보고 힘만 빼는 일이 될 테니까."

"……대단한 자신감이로군."

두 손을 들지 않을 수 없었다.

그리고 흥미가 일었다.

이렇게까지 큰소리를 치는 상대는 처음이었다. 50개 던전을 제패했다는 건 거짓말이라 치더라도 나름대로 실력은 있으리라.

"그럼 뒤뜰로. 이 시간에는 모두 장을 보러 나갔을 테니 말려들 염려도 없겠죠."

남성이 카운터 안쪽을 가리켰다.

그녀는 고개를 끄덕이고 말했다.

"그 전에 이름을 듣고 싶은데. 싸우기 전에 상대의 이름을 모르는 건 아무래도 기분 좋은 일은 아니라서. 어디까지나 상대가 인간일 때 한정이다만."

"귀족 같은 관습이네요. 아, 저기…… 이름이, 좀, 지나치게 멋져서 여전히 제 입으로 말하기가 부끄럽긴 한데요……."

"……자신의 이름이 지나치게 멋지다니, 거 참 이상한 인물이로군."

"그게 이쪽 세계풍 이름이라고 해야 할지. ……알렉산더입니다. 알렉스라든가 알렉이라고 불러주세요."

"평범한 이름 같다만……."

"이쪽 세계에서는 그런 것 같더라구요."

"별스러운 인물이군. 나는 로렛타. ……성은 없어. 그걸 되찾는 게 내 목표다."

"네?"

"아니, 아무것도 아니야. ……진검밖에 없는데 상관없나?"

"아, 네네. 괜찮습니다. 무기가 뭐든 간에 소용없는 건 마찬가지니까요."

"……그 허풍에는 슬슬 적응될 것 같군."

로렛타가 희미하게 미소를 머금었다.

남자가 온화하게 웃었다.

두 사람은 뒤뜰로 향했고———.

그리고.

○

"먼저 공격하세요. 제가 먼저 공격에 나서면 기습당한 것처럼 느끼게 될 테니까요."

여관 뒤편의, 그리 넓지 않은 공터였다.

우물이 있었고 직접 가꾸는 듯한 약초가 있었다.

주변이 가옥으로 둘러싸여 밖에서는 보이지 않는 장소였다.

그런 탓에 약간 압박되었지만, 좁게 느껴지지는 않았다.

오히려 주변에서 보이지 않으니, 마을 가운데에서 싸운다는 점을 생각하면 여건은 좋은 편이라고 할 수 있을지도 모른다.

그녀는 검을 들고 마주 섰다.

로렛타는 두 가지 사실에 놀라 혀를 내둘렀다.

하나는 지금처럼 서로를 마주 본 상황에서도 알렉이 여전히 허풍을 떤다는 점이었다.

실제로 결투가 벌어진다면 주춤하거나 멈칫할지도 모른다고 여겨졌지만 적어도 담력만은 진짜인 듯했다.

실력까지 진짜배기인지는 지금부터 알 수 있으리라.

그리고 또 한 가지.

로렛타도 묻지 않을 수 없었다.

"무기는 필요 없나?"

알렉은 맨손이었다.

그 사실을 지적하자 그는 곤란한 듯이 웃었다.

"지금은 제 완력을 견뎌낼 수 있는 무기가 없거든요."

"……허풍도 그 정도면 박수 칠 만하군. 아무리 강한 모험가라 해도 그런 인물이 존재할 리가 없잖나. 아니면 완력을 배겨낼 무기를 제작할 돈이 없다는 의미인가?"

"아니요, 무기는 이것저것 시험해 봤어요. 소재도 그렇고, 드워 프족 대장장이에게 제작 의뢰도 해 봤지만 휘두르는 족족 부서지는 바람에……. 그래서 모험가는 은퇴하기로 했죠. 맨손으로 건드리고 싶지 않은 기분 나쁜 몬스터도 있어서요."

로렛타는 신비로운 사실을 깨달았다.

알렉은 내내 허풍을 떨고 있지만 어떤 말도 거짓말처럼 들리지는 않는다는 점이었다.

이렇게 마주 보고 서 있어도 강하다는 생각은 들지 않았다.

그런데도 그는 조금도 기죽는 기색이 없고 거짓말을 늘어놓는 분위기도 아니었다.

"……세상에는 맨손으로 싸우는 사람도 없지는 않으니, 그대가 상관없다면 시작하도록 하지."

"아, 네. 제 허를 찌르는 건 불가능한 일이니 언제든지요."

"……그리 말한다면야."

로렛타가 검을 뽑았다.

그리고 분석을 시작했다.

그와 그녀 사이에는 약 다섯 걸음 정도의 거리가 있었다.

일반적으로는 아무리 치고 나간다 해도 거리를 좁히기까지 두 번 정도는 움직여야 한다.

그러나.

"말해 두겠지만 난―― 모험가 경력은 짧지만 검사 경력은 길다네."

로렛타는 다섯 걸음의 거리를 한 걸음에 좁혔다.

왼발로 전신을 도약하는 화살 같은 움직임.

예비 동작은 없었다. 준비를 갖춘 상대에게도 불의의 일격이나 다름없는, 로렛타의 필살 일격.

도약하는 속도가 곧장 찌르기가 되어 상대를 덮쳐들었다.

그러나.

"저기, 죽이겠다는 마음으로 덤비셔도 괜찮아요."

알렉은 미간을 노리고 날아든 검 끝을 손가락으로 튕겨냈다.

로렛타는 숨을 삼켰다.

그의 말대로 죽이고자 하는 마음은 없었다.

직전에 손을 거둘 심산이었다.

당연한 일이었다. 단순한 여관 접수원을 죽일 수는 없는 노릇이니까.

그러나.

설마하니 막힐 줄은 상상도 못했다.

그렇게 느린 일격도 아니거니와 애초에―― '자신의 머리를 향해 날아드는 찌르기를, 손가락으로 막는다' 라는 대응은 보통 예상조차 불가능하다. 진검을 든 찌르기 자체가 결코 가벼운 기술이 아니다.

그러나 알렉은 대단치 않다는 듯, 오히려 곤란하다는 듯이 머리를 긁적였다.

"어쩌죠. 아니, 실력을 시연할 기회는 많지만요. 대체로들 죽이지 않겠다는 생각으로 시작한단 말이죠. ……제가 그렇게 약해 보이나요?"

머뭇머뭇하며 묻는다.

그러나 그에게 붙들린 검은 꿈쩍도 하지 않았다.

로렛타는 숨을 가다듬고 있는 힘을 다해 검을 뽑아──.

그제야 그는 막 생각난 듯이 중얼거렸다.

"이런, 죄송하네요. 제가 놓지 않으면 움직이지 않는군요."

그가 힘을 빼자 움직이지 않았던 검이 움직였다.

로렛타는 눈을 크게 뜨고 알렉을 바라보았다.

그는 쓴웃음을 머금고 말했다.

"다시 할까요. 어디를 노리셔도 무방해요. 만에 하나 공격이 먹히더라도 저는 튼튼하거든요. 세이브도 했고. 망설이지 말고 덤벼 주세요. 그렇게 하는 편이 제 말을 믿는 데 도움이 되지 않겠어요?"

이미 믿을 수 있을 듯했다. 적어도 그는 단순한 여관 접수원은 아니었다.

그의 완력을 견딜 수 있는 무기가 존재하지 않는다는 말도 정말인 것 같았다.

그렇기에 로렛타의 목적은 분명하게 바뀌었다.

이전까지는 '시험하는 쪽'이었지만 이제부터는 '시험을 받는 쪽'이다.

그에게 통하는 일격이 무엇인지를 검토하자.

로렛타는 검을 검집에 넣었다.

"……질문을 하나 해도 될까?"

"네? 상관은 없겠네요."

"지금부터라도 늦지 않았어. 갑옷을 입을 생각은 없나?"

"웬만한 갑옷보다는 제 피부가 튼튼해서요."

"그렇군. 그 말을, 믿어 보지……. 아니, 여전히 믿기 힘들지만 그렇게까지 말한다면, 좋네."

검집에 넣었던 검의 손잡이를 붙들었다.

검집 너머로 마력을 불어넣었다.

──검기를 써 보겠어.

모험가에는 두 종류가 있었다.

마법의 힘을 이용해 대자연을 움직여 불이나 바람을 다룰 수 있는 사람.

그리고 마법의 힘을 육체에 담아 몸을 강화하여 전투에 이용하는 사람.

로렛타는 후자였다. 특히 검술 적성이 높았다.

그중에서도 그녀의 특기는 속도를 높이는 기술이었다.

"예고하지. 대각선 아래에서 시작해 오른쪽 옆구리를 지나쳐 왼쪽 어깨까지 베어내겠어. 준비해 두게."

"아, 그렇군요. 이쪽 세계에도 발도술 같은 게 있는 모양이
죠……. 좋아요. 그런데 괜찮겠어요? 궤도를 밝히면 상대가 누구
든 받아내지 않을까 싶은데요."

"걱정할 필요는 없다네. 평범한 사람이 궤도를 안 정도로 받아
낼 수 있는 기술을 비기라 부르지는 않으니!"

검을 뽑아 들었다.

그러나 동작은 평범한 사람이 눈에 담을 수 있는 속도가 아니었
다.

다른 이가 보기에는 그저 섬광에 지나지 않았으리라.

검에 담긴 마력이 궤적을 따라 외길을 남겼다. 번쩍이는 섬광은
그녀의 선언대로 오른쪽 옆구리에서부터 베어 올리는 궤도를 그
렸다. 강화된 완력과 압도적인 속도 덕에 사람의 몸통 정도는 손
쉽게 절단할 만한 일격이었다.

그래야 마땅했다. 그러나 그는.

"의외로 빨라서 깜짝 놀랐네요."

팔을 가볍게 굽히자 검이 옆구리에 닿기도 전에 제자리에서 멈
춰 섰다.

탄력성이 있음에도 단단한, 이질적인 팔의 촉감이었다.

검의 날카로움을 떨어뜨리는 마법이라도 구사하나 싶을 정도
로, 믿기지 않는 현실이었다.

그러나 찢겨 나간 그의 소매로 보건대, 그런 눈속임은 없었다.

요컨대.

그가 한 말에는 그 어떤 허세도 없었다.

그의 완력을 견딜 수 있는 무기는 정말로 이 세상에 없었다.

그의 피부는 정말로 갑옷보다 단단했다.

"방금 그건 좋은 공격이네요. 그럼 반격을 해 볼게요."

……그리고 그는, 정말로———.

힘 조절을 좋아하지 않았다.

로렛타는 복부를 주먹으로 꿰뚫리는 감각을 느끼면서 미소 지었다.

○

의식의 각성.

정신이 들었을 때 그녀는 접수대 근처로 돌아와 있었다.

눈앞에는 알렉이 보였다.

그는 처음 그대로 접수대의 의자에 앉아 있었다.

한순간 그녀는 시간이 되돌아갔다고 생각했지만.

"고생하셨어요. 역시 로드를 할 때까지는 시간 공백이 생기네요."

그의 말을 토대로 시간이 되돌아간 것이 아님을 깨달았다.

로렛타는 배를 어루만졌다.

……몸에 두른 갑옷에 구멍이 뚫려 있었다.

받쳐 입은 옷에도 구멍이 뚫려 있었다.

그러나 몸에는 상처 하나 없었다.

"……잃어버린 장비는 돌아오지 않는다고 말했었지."

"네. 사실 장비품이 없는 머리를 노렸다면 더 좋았겠지만…….
여성의 얼굴을 때리는 건 저항감이 있어서요."

"신사적인 배려 고맙네……. 그렇군. 이게 '죽지 않는 여관'의
비밀이었단 건가."

"그렇지요. 죽더라도 다시 시작할 수 있어요. 그 외에도 '로드한
다'고 선언하면 세이브했던 지점부터 다시 시작할 수도 있지요.
일단 제가 세이브 포인트를 지우면 효력은 사라지지만……. 아,
그리고 잃어버린 장비, 아이템, 소지금은 돌아오지 않지만 획득
한 게 본래 있던 자리로 돌아가거나 하지는 않으니 안심하세요."

"……이해가 어렵군, 대체 어떤 이론으로……. 아냐, 됐어. 효
능은 이해했어. 여기서 머물고 싶군."

"아, 숙박이시군요."

알렉이 기쁜 듯이 그렇게 말했다.

그리고 카운터 아래에서 숙박 장부와 깃펜을 꺼내 들었다.

"이것으로 성함을 기입해 주세요. 모든 방의 요금은 같습니다.
식사는 1층의 식당에서. 다만 심야 시간에는 영업을 하지 않으니
아침부터 저녁까지만 이용해 주세요."

"알겠어. 그럼 숙박비를──."

"아, 요금은 후불제입니다."

"드문 일이군. 대부분의 여관은 선불제인 줄 알았는데……. 특
히 모험가를 손님으로 받는 여관이라면 더더욱 그렇지."

여관비를 지불하지 않고 내빼는 모험가는 드물지 않다.

모험가 중에는 모험가를 가장한 범죄자도 적지 않았다.

"저희는 신입 육성이 메인이거든요. 돈 없는 신출내기 시절에 묵고 대금은 퀘스트 공략을 한 뒤에 지불해도 괜찮다는 거죠. ……그리고 결국 지불하지 못하더라도 어떻게든 될 정도의 저금은 있어요. 아, 제 손에서 도망칠 수 있는 사람도 아마 존재하지 않을 테니까요."

"허풍이 심하다고 생각했지만 다시 들으니 다 믿을 수 있을 것 같군."

"전 거짓말을 좋아하지 않아서요……. 그런데 어째서인지 제 말은 모두 거짓말이라거나 허세라고 생각하는 것 같더라구요."

"그대가 늘어놓는 말은 하나같이 있을 수 없는 일뿐이니까. 세간에서는 그런 말을 입에 담으면 술주정하고 있다고 오해하기 쉽겠지."

"다 진짜인데……."

"50개의 던전을 제패했다거나, 길드장과 여왕 폐하와 안면이 있다는 말은 나도 여전히 믿지 않아. 아무래도 거기까지는 술주정뱅이의 헛소리라도 지나치다 싶은 이야기야."

"그것도 다 진짜인데……."

"하지만 강한 모험가라는 것과 이 여관에 머물면 '죽음도 지울 수 있다'는 사실은 믿겠네. 직접 체험했으니 말이지."

"그 부분을 믿어 주신다면 다행이네요. 이쪽 세계의 여러분은 좀처럼 이해하지 못하시더라구요. 세이브&로드라는 개념은 역시 게임을 모르면……."

"게임? 술자리에서 하는 그런 카드 게임 같은 걸 말하는 건가?"

"아니요. 이쪽 세계의 말로는 적당한 표현이 없는 모양이네요⋯⋯."

"⋯⋯좀 전부터 종종 '이쪽 세계' 라는 표현을 하는데⋯⋯."

"아, 제가 다른 세계에서 전생해 온 거라."

"⋯⋯흐음."

"그렇게 반응할 줄 알았어요. 그래도 평범한 현지인인 척하면 나중에 들통이 나지 않을까 싶어서 솔직히 말할 뿐이에요. 이해하지 못하셔도 어쩔 수 없죠."

아무래도 사정이 있는 모양새였지만 로렛타로서는 이해하기 어려웠다.

전직 모험가라는 배경이 있으니 다른 사람에게 쉽게 털어놓을 수 없는 배경이 있으리라 짐작할 뿐이었다.

"⋯⋯여하튼 나는 앞으로 한동안 왕도 서쪽에서 최근 발견되었다는 던전에 들어갈 참이라네. 제패를 목표로 하고 있으니 그때까지는 신세를 지겠군."

"왕도 서쪽에서 최근 발견되었다는── '화원' 말인가요?"

"역시 모험가 여관 주인이로군. 정보 수집에 여념이 없어."

"분명 '제패자 추천' 던전으로 기억하고 있는데요. 손님은 아마 '탐색' 에서도 신입인 느낌인데, 아닌가요?"

"⋯⋯그런 것까지 알 수 있나."

"스테이터스를 보면 그럭저럭요."

"⋯⋯그것도 다른 세계의 용어인가?"

"그렇지요. 스테이터스라는 표현이 잘 와 닿지 않는다면 강한 정도라고 표현할 수도 있어요."

"나는 약한가? ……그대와 비교하면 확실히 약하긴 하겠지만, 흔히 볼 수 있는 신출내기보다는 제법 강하다는 자신이 있다만……."

"그렇군요……. 검기는 능숙하지만 그것밖에 없다고 해야 할까요."

"……."

"힘으로 밀어붙이거나 마구잡이로 싸우지 않는 건 훌륭하지만 그 정도 수준에서 나름대로 만족하고 있다는 느낌이 드네요."

"……."

"사람 상대로 시합을 벌인다고 한다면 그걸로 충분하겠지만, 모험가의 상대는 보통 몬스터니까 생각하지 못한 상황이나 검기를 사용할 수 없는 경우가 종종 있지요. 지금의 당신이라면 상대와 침착하게 마주 보고 정정당당하게 승부하는 게 아니라면 실력의 반도 채 발휘하지 못할 거예요."

"……."

"종합적으로 말하자면 모험가를 시작하고 2주 조금 더 지나서 레벨 30정도의 던전에 도전은 했지만 공략이 제대로 진행되지 않아 고민 중. 하지만 좀처럼 돌파구가 없다는 느낌이네요. 아, 덧붙이자면 '화원'은 레벨 100이지요. 지금 이대로는 도전까지 2년은 족히 걸리겠어요. 제패까지는 10년 정도?"

"……."

"제 감정은 어떠셨나요?"

"……흠, 뭐, 대체로 맞다만……."

대체로라고 할 수준이 아니었다. 지금껏 자신을 관찰했나 싶을 정도로 정확했다.

그가 입을 뗄 때마다 뭔가가 가슴을 쿡 찌르는 듯한 기분이었다.

로렛타는 머뭇머뭇 말했다.

"얼른 '화원' 제패에 착수하고 싶은데…… 아직 입구에도 도착하지 못했…… 아니, '화원' 충족 레벨의 반도 안 되고 있지. ……고민하고 있지만 좀처럼 돌파구가 보이지 않고……."

"손님, 왜 그러세요? 기운이 없어 보이는데요."

"아니, 저기, 나 자신도 잘 알고 있는 줄 알았다만, 막상 다른 사람의 입으로 듣고 나니 무척…… 괴롭군."

"아, 죄송합니다. ……거짓말은 잘 못해서요."

미안한 듯한 음성은 결정타를 찍기 위한 사전 동작이었을까.

알렉이 말을 이었다.

"저기, 손님."

"……뭔가. 아까 이야기가 더 이어진다면 이 자리에서 무릎을 꿇을 참이다만."

"그런가요? 그럼 방으로 안내해드릴까요?"

"아니, 역시 신경이 쓰이는군. 말해 보게."

"네. 그럼…… 저희 가게는 서비스로 손님의 수행을 돕고 있거든요."

"수행?"

"일단, 모험가를 오래 해 왔으니 신출내기 모험가의 재능을 발굴하는 것도 제 역할이 아닐까 싶어서……. 그리고 저는 다른 사람의 스테이터스가 보이니까요. 효과적인 수행을 도울 수 있지요."

"그렇군. 참고로 그대처럼 강해지려면 얼마나 걸리지?"

"하하하. 그렇네요……. 10년간, 단 하루도 빼놓지 않고 매일 60번 이상 죽을 법한 난이도의 던전에 도전한다면 누구든 저 정도는 될 수 있겠지요."

"……질문이 잘못된 것 같군. '화원'을 제패할 정도로 강해지려면 얼마나 걸리지?"

"일주일이면 됩니다."

귀가 잘못되었나 싶었다.

보통 어엿한 모험가가 될 때까지 5년이 필요하다고들 말한다.

그리고 던전 제패를 성취하는 인물은 어엿한 모험가 중에서도 한층 더 뛰어난 한 줌의 인물뿐.

성공한 사람의 숫자가 지극히 적어 재능 없는 사람은 영원히 불가능하다고 말하는 이들도 있었다.

그런데 겨우 일주일이라니.

로렛타는 약간 기가 질렸다.

"……나는 그대의 생각만큼 재능 있는 모험가가 아닐지도 모르네."

"재능 따위는 필요 없어요. 단련하면 누구든 강해질 수 있습니다."

"그렇게 말들 하지만 결국 마지막에 강함을 결정하는 건 재능 아닌가?"

"하지만 손님의 목적은 던전 제패이지요? 세계 최강이 되는 게 목표는 아니잖아요?"

"……제발 부탁이니 모든 걸 그대의 기준으로 말하지 말아 주게나. 많은 모험가에게 던전 제패는 '간절히 원하지만 그럼에도 이룰 수 없는 것' 일세."

"그건 한 번 죽으면 그걸로 끝이니 무모한 짓을 할 수 없어서지요. 무모한 방법으로 단련한다면 쉽게 이룰 수 있지요."

"그러다가 죽기라도 하면 어쩌라는 거야."

"로드하면 되잖아요."

……그랬다. 이 여관은 죽음도 지울 수 있었다.

잃어버린 장비나 아이템, 소지금은 돌아오지 않지만——.

획득한 것은 남는다.

그것이 보석이든 돈이든 간에.

경험도, 강함도.

"그렇군. 확실히 죽을 각오를 한다면 나라도 일주일 만에 '화원' 공략을 이룰 수 있을지도 몰라."

"그렇지요. 죽을 각오를 하고, 죽더라도 죽음을 지워 버리면 되는 거예요."

"그대가 하는 말은 말도 안 되지만, 말도 안 되는 일을 아무렇지도 않게 해 버리니까 말이지."

"엉망진창일까요……. 트라이 & 에러는 RPG의 기본이잖아요."

"또 영문을 알 수 없는 소리를 늘어놓는군."

"어쨌든, 하나밖에 없는 목숨이니 죽기라도 하면 무섭고 살아남고 싶은 거지요. 하나밖에 없는 건 소중한 법이니까요. 그러니 우선 목숨의 가치를 떨어트리는 것부터 시작하지요."

그의 말을 가만히 듣고 있다 보면 대체 무슨 소리를 하는 건가 싶지만…….

'죽음조차 없었던 일로 할 수 있는' 사람이다.

더군다나 신출내기 모험가를 응원하고 싶다는 것도 진심인 듯했다.

로렛타는 그의 밑에서 수행하기로 결심했다.

"좋아. 그렇다면 자네에게 배우고 싶네만."

"네. 아, 참고로 수행료는 방값에 포함되어 있으니 안심하세요."

"듣던 중 반가운 말이군. 지금은 가진 돈이 그리 많지 않아서 말일세."

"모험가를 시작하고 2주 정도 지났으니 금전적으로 가장 어려움을 겪을 시기지요. 장비 입수나 여관비, 길드 회비도 있으니."

"흠. 모험가도 의외로 많은 굴레를 짊어지고 산다는 걸 이렇게 나와서야 처음으로 알게 됐어. 쉽게 할 수 없는 경험이지……. 그런데 수행은 어떻게 하는 거지?"

그녀가 선뜻 물었다.

알렉 역시 가볍게 대답했다.

"우선은 절벽에서 뛰어내리기로 하죠."

숙박 장부를 정리하면서, 식은 죽 먹기라는 듯이 말했다.

로렛타는 귀를 의심했다.

"미, 미안하지만 다시 한번 말해 주겠나? 지금, 에둘러 '자살해'라고 말한 것 같은데."

"미안해하지 않으셔도 됩니다. 수행의 첫걸음은 자살이니까요."

"뭐?"

"그렇게 목숨의 가치를 덜어내는 거죠. 생각해 보세요. 죽는 게 두렵다면 죽음이 눈앞에 다가오는 순간 도망칠 수밖에 없잖아요? 죽음 앞에서 한 걸음 내디딜 수 있기 위한, 가장 첫 단계가 필요한 거죠."

부드러운 미소를 띤 채 그가 말했다.

로렛타는 그제야 깨달았다.

그는 부드러운 분위기를 두르고 있지만——.

머리가 다소 이상한 걸지도 모른다.

○

"세 번 정도까지는 고통이 느껴지면서 굉장히 두렵다네. 하지만 네 번, 다섯 번을 반복하는 동안 익숙해지는 거지. 생각해 보면 이 대륙에는 수십 만의 사람이 살고 있으며, 내 목숨 하나 정도는 티끌 중 티끌에 불과하지. 불면 훅 날아가는 깃털 같은 걸세. 그 먼지나 다름없는 목숨이 던전 공략에 소비됨으로써 수만의 사람을 위기에서 구하게 되는 거지. 죽는다고 생각했을 때 내 목숨 하나를 지키고자 도망치는 건 어리석은 일이며, 죽음은 두려워할 대상이 아닐세. 죽음은 많은 사람의 양식이 되지. 그러니 죽음의 공포와 마주쳤을 때 온 힘을 다해 앞으로 나서야만 하네. 나는 마침내 그 사실을 이해했지."

로렛타는 수십 번 자살하며 깨달음을 얻었다.

이곳은 마을의 남쪽에 있는 단애 절벽.

바위가 그대로 드러난, 그 끝을 알 수 없는 깊은 절벽이었다.

세계의 끝이라고 불리는 장소로, 이곳 이남은 절벽 때문에 미지의 땅으로 남아 있었다.

햇살이 기이할 정도로 버겁게 느껴지는 정오——.

로렛타는 방에 짐을 내려놓자마자 곧장 끌려 나왔다.

이곳은 '자살에 안성맞춤이라 늘 이용하는 절벽'이라는 모양이다.

……아무렇지도 않게 무섭기 짝이 없는 말을 늘어놓는 사람이었다. 어쩌면 자신은 터무니없는 남자의 여관에 머물게 된 것 아닐까. 로렛타는 어렴풋이 그런 생각이 들기 시작했다.

알렉은 빙글빙글 웃는 얼굴로 지면에 깔린 담요 위에 앉아 있었다.

무릎 근처에는 나무로 짠 런치박스가 있었다.

그리고 그 옆에는 세이브 포인트가 보였다.

세이브 포인트 반대편에는 커다란 보퉁이가 있었다.

성인 세 명은 들어갈 법한, 비현실적으로 커다란 꾸러미였다.

알렉은 그것을 가볍게 짊어졌다.

그러나 그의 완력을 알기 때문에 내용물은 조금도 상상할 수 없었다.

보퉁이의 내용물이 비슷한 크기의 금속 덩어리였더라도 알렉은 표정 하나 변하지 않을 것 같았다.

그는 미소를 머금고 말했다.

"세상에, 손님 의외로 빨리 죽음에 익숙해졌네요. 뛰어내릴 때 자세도 좋아요. 사람에 따라서는 밀어서 떨어트리기도 했으니까요."

"……소박한 의문이네만 그대는 왜 범죄자로 체포되지 않는 거지?"

"네? 그거야 범죄자가 아니니 그렇겠죠……."

"사람을 죽이는 건 범죄일 텐데."

"죽는다면 그렇겠죠. 하지만 죽지 않으니까요. 모두 세이브를 하셨는걸요. 손님도 이렇게 살아계시잖아요?"

그는 가볍게 고개를 갸웃했다.

로렛타는 방금의 대화에서 묘한 벽을 느꼈다.

분명히 상식의 벽이리라.

아무리 봐도 이 사람은 머리가 이상해.

"……그런데 나는 아직도 뛰어내려야 하는 건가?"

"아니요, 이제 됐어요. 그리고 기뻐해 주세요. 스테이터스도 올랐네요. 튼튼함이 늘었어요. 지금의 수치라면 평범한 사람이 휘

두른 검 정도는 팔로 받아도 상처 하나 남지 않을 거예요."

"그런 사람이 있을 리가……라고 말하고 싶지만, 그대의 상식에서 검을 맨손으로 받아내는 정도는 아무렇지도 않은 일이겠군."

"피부가 검보다 튼튼하기만 하면 이론상 가능한 일이니까요."

"평범한 사람에게는 불가능한 일이라는 점을 외면한다면 훌륭한 논리 전개로군."

"무슨 말씀이세요. 평범한 사람에게도 가능해요. 불가능한 건 자살을 반복하면서 단기간으로 그 경지에 도달하는 일이지요. 이것만큼은 세이브 & 로드를 하지 않으면 어려울 테니까요."

"아니, 설령 그게 가능하더라도 정신적으로…… 아니, 됐네. 그대에게 상식을 늘어놓는 건 무의미한 일일 테니……."

평범한 사람은 별일 없다는 걸 알더라도 제 발로 절벽에서 뛰어내리는 자살은 불가능하다.

두렵기 때문이다.

아무래도 그에게는 그런 부분의 상식이 없는 모양이었다.

"그럼 지금부터 수행 제2단계로 넘어가죠."

알렉이 기쁜 듯이 그렇게 말했다.

로렛타는 활기를 잃은 눈으로 그를 바라보았다.

"이제 뭐든지 할 수 있네. 두려울 건 없으니까."

"좋은 눈이네요. 그럼 제2단계로 죽을 만큼 먹어 보죠."

"……미안하군. 연달아 죽어댄 탓에 귀가 이상해진 걸지도 모르겠네. 뭔가 지금, 수행답지 않은 말을 들은 것 같다만."

"아니요, 수행이에요. 신출내기 모험가에게 필요한 건 첫째로 튼튼함, 두 번째는 체력이니까요. 몇 번이든 죽을 수 있으니 방어 능력치는 필요 없다고 생각하기 쉽지만 가장 위험한 건 강한 적을 만났을 때 영문도 모르고 죽어 버리는 거예요. 상대를 관찰하고 그 움직임을 익히지 못한다면 몇 번을 죽어도 되는 이점이 사라지니까요."

"그대가 말하는 이론은 알겠어. 하나부터 열까지 이론밖에 모르겠지만."

머리로는 이해할 수 있지만, 무슨 생각으로 그러는지는 모르겠다는 의미였다.

머리에 떠오른 생각을 솔직하게 설명해 주는 부분은 긍정적이었다.

그러나 그 생각에 도달하기까지의 경로가 조금도 그려지지 않았다.

"우선, 어떻게 먹는 걸로 강해질 수 있다는 거지?"

"HP가 올라요. 아―― 음, 체력이라고 해야 할지, 죽기까지 남아 있는 시간이라고 해야 할지. 그런 걸 말하죠."

"식사는 평소에도 평범하게 하고 있다만."

"하지만 과식 때문에 죽었던 적은 없잖아요?"

"물론, 없네……."

"그러니 먹다 죽어 보죠."

"미안. 아무리 설명을 들어도 가슴이 이해하길 거부하는군."

"많은 분께서 그렇게 말하시지만 괜찮아요. 이해하지 않아도 강해질 수 있으니까요."

"그런 이야기는 아니었다만, 분명 그대에게는 무슨 말을 해도 소용이 없을 테지……."

"아, 먹다가 죽으면 살이 찌지 않는 모양이니 이 부분은 마음을 놓으셔도 됩니다. 오히려 살아남으면 살이 찌겠지만……."

"그런 걱정을 할 여유는 없다만…… 좋아. 그대에게 수행을 부탁한 건 나 자신일세. 아직 효과는 실감나지 않지만…… 확실히 정신적인 부분은 훨씬 강해진 것 같군. 일단은 효과가 있는 거겠지."

"네? 정신적인 수행은 아직인데요……."

"도망치고 싶어졌어."

"괜찮아요. 제게서 도망칠 수 있는 사람은 아마 존재하지 않을 테니까요."

"하나부터 열까지 괜찮은 게 없군. ……지금 한마디에 절망에 빠질 것 같네."

"절망에 빠지면 빠지는 대로, 뭐."

"'뭐' 뒤로 이어지는 말은 뭐지? 제발 말해 주지 않겠나?"

"……괜찮겠죠, 아마도."

"어떤 일이 닥쳐도 절망하지 않기로 다짐했지. 그런 각오로 집을 떠났네. 하지만 나는 어쩌면 인생에서 잘못된 선택지를 골랐을지도 모르겠군. 방금 그런 생각이 들었어."

"로드할까요?"

"세이브한 게 바로 조금 전이니까 의미는 없겠지."

"아, 아니요. 그, 긴장을 풀기 위한 소소한 농담이었는데요."

"이렇게 마음이 얼어붙는 농담을 들은 건 태어나서 처음일세."

로렛타는 입안에서 작게 "엄마."라고 말했다.

의식한 것은 아니었다. 그저 감당하기 힘든 괴로움 속에서 무의식중에 중얼거린 말에 가까웠다.

정신 수행은 아직이라고 하니 그것이 끝날쯤에는 이런 혼잣말조차 나오지 않는 존재로 개조되는 걸지도 모른다.

로렛타는 묘하게 슬퍼졌다.

알렉은 부드러운 분위기를 머금고 웃었다.

그저 웃고 있을 뿐인데 지금은 견딜 수 없는 두려움이 엄습했다.

그러나 수행을 부탁한 건 자신이었다.

더군다나 어떻게든 '화원'을 제패해야 하는 사정도 있었다.

로렛타는 뺨을 두드리며 기합을 넣었다.

"……좋아, 각오는 됐어. 수행을 계속하지."

"주머니에 볶은 콩이 가득 있죠? 그걸 드세요."

"좋아. 어느 정도 먹으면 되는 거지?"

"다시 말씀드리겠지만 그걸 드세요."

"아니, 아니……. 다시 말하지만 나는 다 큰 어른 셋이 족히 들어갈 만큼 비현실적으로 큰 보퉁이에 든 콩에서 어느 정도를 먹으면 되는지를 묻고 있다만."

"그러니까 이 보퉁이에 든 콩을 모두 드시라고 말씀드리는 건데요."

"그대는 내 위가 얼마나 된다고 생각하는 거지? 자유자재로 늘어나고 줄어들기라도 하는 줄 아는 건가?"

"하하하. 손님도 참. 자유자재로 늘어나고 줄어들면 죽지 않잖아요. 위에 한가득 넘쳐서 식도까지 올라와 숨을 못 쉬다가 죽어 주세요, 라고 말하는 거예요."

"하하하, 그렇군. 수행하기 전에 한 가지 부탁이 있는데, 들어줄 수 있겠나?"

"네, 뭐든지요. 들어 보지요."

"살려 주게."

"그렇군요. 마음은 잘 알겠습니다. 자, 그럼 콩을 드시지요."

여관의 주인에게서 벗어날 수는 없다.

로렛타는 다시 한번 "엄마."라고 혼잣말을 했다.

다만 이번엔 확실히 의식하고 한 말이었다.

○

"감상? 그렇군……. 난 앞으로 결단코 볶은 콩을 용서하지 못할 걸세. 녀석들은 입안의 수분을 빼앗지. 강탈당한 입속 수분을 위해서도 나는 볶은 콩에게 복수할 것을 맹세하네."

수행을 마치고 로렛타는 복수심을 품었다.

눈동자가 좀 전보다 탁해졌다.

죽으면 자동으로 로드되어 모든 일이 없었던 일이 되었지만 기억만은 남는다. 마음에 새겨진 상처는 사라지지 않았다.

그렇다 보니 로렛타는 있는 힘을 다해서 애원했다.

"부탁일세. 제발 쉽게 해 주게나. 더 이상의 수행은 이제, 무리네. 내일이 되면 열심히 해 보겠네. 내일부터 이를 악물고 열심히 할 테니 오늘은 제발 그만…… 쉬게 해주세요."

필사적이었다.

알렉은 미소를 머금고 승낙했다.

악마 여관 주인이 신으로 보이는 순간이었다.

그런 사연으로 그녀는 지금 '은 여우 여관'의 객실에 있었다.

2층에 있는 방 중에서도 가장 구석진 곳에 자리 잡은 방이었다.

짐을 내려놓고자 한 번 들어왔지만 이제야 새삼 방을 둘러볼 수 있었는데, 침대와 화장대가 놓여 있는 간소한 방이었다.

건물 자체는 석조 건물이었지만 내부는 목재로 보강되어 온기가 느껴졌다.

보아하니 벽 안으로 옷장이 붙어 있는 듯했다.

보기 드문 형식이라고 로렛타는 생각했다.

붙박이 옷장이라고 해야 할 이런 양식은 특히나 본 적이 없었다.

입구에서 방을 바라보았다.

곁에서 알렉이 설명을 곁들였다.

"화장실은 1층, 식당 안에 있습니다. 목욕은 정해진 시간에 가능하고 욕조는 뒤뜰에 설치되어 있어요."

"……화장실에, 욕조? 여긴 귀족의 저택이나 뭐 그런 곳인가? 평범한 민가에는 없을 고급 설비가 가득하다니."

"아, 그런 부분이 제대로 준비되어 있지 않으면 제가 불편해서……. 그래서 건축소에 여러모로 떼를 써서 설치했지요. 붙박

이 식 옷장도 제 발주였거든요."

"흠……. 무척 신기한 발상을 하는군. 아, 그대라면 당연할지도 모르겠어."

"아니, 아니에요. 제가 있던 세계의 물건을 그대로 갖고 왔을 뿐이니까요. 그곳 출신이라면 누구든 생각할 수 있는 부분이에요."

"그 세계 사람은 모두 그대와 비슷한 사고방식을 가졌나……."

신화에서 말하는, 죄인을 벌하는 장소조차 그토록 비참한 세계는 아니리라.

역시 그는 감옥 간수쯤 되는 인물이었군. 로렛타는 묘한 부분에서 고개를 끄덕였다.

"화장실은 재래식밖에 없는 줄 알았는데 제패했던 던전의 슬라임이 배설물을 먹는 모양이라 그 녀석을 이용하고 있지요. 그걸 먹고 몸집이 커진 슬라임을 분해해서 밭에 거름으로 주면 채소가 잘 자라거든요."

"……그, 비료로 쓴다고는 해도 실제로 입에 들어가는 채소가 그렇게 만들어졌다는 걸 설명하는 건 삼갔으면 좋겠네만."

"아, 죄송해요. 제법 공을 들인 부분이라 자랑하고 싶은 마음에 그만."

"그런 마음이라면 어쩔 수 없겠지만……. 하지만 제패한 던전이라고? 그렇다면 그 슬라임은 더 증식하지 않으니 언젠가는 모자라게 될 텐데."

제패란 던전 마스터를 해치우는 걸 의미했다.

그리고 던전 마스터가 쓰러진 던전은 몬스터를 낳지 않게 된다.

그렇기에 그녀의 의문은 지극히 당연했다.

그러나 알렉은 선뜻 말했다.

"사실은 제패한 걸로 치고 지금은 슬라임 공장으로 쓰고 있거든요."

"……그대가 지금 한 말은 모험가 길드 규정을 심각하게 위반한 걸세."

퀘스트를 받아 달성도 하지 않은 채 달성했다고 보고하는 건 금지되어 있었다.

경우에 따라서는 모험가의 자격이 박탈되고 관련 법에 따라 투옥되는 일도 있었다.

"던전 제패 상금은 고액이니 보통은 조사단이 정말 던전을 제패했는지 확인을 나올 텐데?"

"그 부분은 길드장하고 이야기가 잘 되어서…… 여왕님도 하수 문제, 특히 악취 문제를 해결할 방법을 찾아냈다고 하면서 지금은 계속 연구 중인 거 같아서요."

"왜일까. 좀 전까지는 그저 허세라고 생각했던 그대의 말도 안 되는 인맥이 지금은 모두 진짜처럼 들리는군."

이 사람이라면 무슨 일을 했다고 해도 신기하지 않을 것만 같았다.

신뢰와는 조금 달랐지만.

수행 과정에서 세뇌를 당한 걸지도 모른다. 로렛타는 위기감을 느꼈다.

알렉은 기쁜 듯했다.

"드디어 믿어 주시니 안심이네요. 저는 지금껏 거짓말을 한 적은 한 번도 없지만, 손님들 모두 하나같이 믿어 주시지 않으니 고생이 끊이질 않거든요."

"……술집의 주정뱅이도 상대하지 않을 법한 이야기밖에 없으니 말일세."

"보통 던전을 다섯 개쯤 제패할 무렵에는 여왕님과 안면을 트게될 텐데요."

"그럴지도 모르지만, 우선 던전을 다섯 개 제패한다는 부분이 전대미문이라 보통이라는 단어와는 거리가 멀지."

"그럴까요? 하지만 보통은——."

"미안하지만 그대의 '보통'을 두고 논쟁을 벌일 생각은 없네."

"……그럼 마지막으로 욕조에 관해 설명할게요."

"고맙군. 사실 나는 목욕을 좋아하거든. 하지만 집을 뛰쳐나온 뒤부터 욕조가 있는 여관에 머무는 사치는 부릴 수 없어서……. 집에는 욕조가 있었으니 당연히 다른 집에도 있을 줄 알았던 내게는 무척 충격적이었지."

"아, 저도 이해해요. 이 세계에 와서 목욕 문화가 귀족에게밖에 없다는 사실이 제일 충격적이었거든요. 제가 있던 세계에서는 평범하게 가정마다 하나씩 욕조가 있었는데. ……어라, 그렇다면 손님은 귀족이신가요?"

"……뭐, 그. 여러 사정이 있어서 지금은 단순한 모험가지."

"그렇군요. 자세한 사정은 묻지 않겠지만 숨기겠다면 조심해 주세요."

"마음 써 준 부분은 고맙네."

"일단 욕실은 시간제예요. 여성 시간, 남성 시간, 청소 시간이 정해져 있습니다."

"그렇군. 하지만 좀 전에 뜰에서 그대에게 살해당할 때 욕조로 보이는 물건은 없었던 것 같은데."

"아, 제가 마법으로 만들거든요."

"……욕조를 만드는 마법 따위 들은 적이 없네만."

"석벽을 만드는 마법을 다섯 개 동시에 발동해서……."

"잠깐, 잠깐, 잠깐만!"

"네?"

"그, 설명이 첫머리부터 이상하다 싶은 건 그대의 대화술인가? 마법을 다섯 개 동시에 발동? 한 사람이 동시에 사용할 수 있는 마법은 하나일 텐데? 대마술사라고 불리는 존재라 하더라도 고작해야 두 개의 마법을 동시에 발동할 수 있는 정도일세."

"아, 그래도 다섯 개를 동시에 발동하는 정도가 아니고서야 애를 먹게 되는 던전도 있거든요. 그럴 필요가 있어서……."

"필요하다고 해서 세계를 뒤흔들 수 있는 기술을 개발하지는 말아 주게나. 세상에는 필요하다는 건 알아도 불가능한 일이라며 한탄하는 사람이 산더미처럼 많다네."

"세계를 뒤흔들 수 있다고요? 마법을 동시에 구사하는 정도로 세계는 요동치지 않을 거 같은데…… 알고 싶으면 방법을 알려드릴 수도 있어요."

"그대는 모험가였을 무렵 대체 뭐였지? 내 검을 막는 걸 보고 나는 전사 계열인 줄로만 알았는데."

"용사입니다."

"뭐?"

"아니, 그러니까 용사예요. 검과 마법, 원거리, 함정도 전부 적성이 있었거든요. 숙달하는 데에는 좀 시간이 걸리지만 죽고 되살아나길 계속하다 보면 그리 개의치 않게 된다고 해야 하나."

"그게, 뭔가……. 용사? 용사라는 건 이 세계에 위험이 닥칠 때 다른 세계에서 나타나는 전설의 인물을 가리키는 것이지, 직업은 아니다만?"

"직업적으로는 모험가였지요. 만능 모험가."

"……아, 그렇군."

"이해하셨나요?"

"그대의 말을 하나하나 이해하려 들지 않는 노력을 해야겠어. 모든 말을 제대로 이해하려고 들면 내 안의 상식이 흔들려 버리네."

"용사라는 게 그렇게 이상한가요……. 전원을 넣고, 시작 버튼을 누르고, 이름을 입력하면 누구라도 용사가 되는데요……."

"이해하지 않아. 이해하지 않을 거야."

"……뭐, 어쨌든 석벽을 다섯 개 만들어서 상자를 만들지요. 거기에 물을 붓고 불 마법으로 물을 끓여요. 그 사이에 석벽과 온도를 유지하는 거죠. 그러면 욕조가 완성됩니다."

"최대 여섯 개의 마법을 동시에 발동하는 것처럼 들리는데……. 마법을 내내 유지한다는 말도 안 되는 작업을 아무렇지도 않게 언급하는 부분도 포함해 여러모로 하고 싶은 말이 많지만, 나는 그대의 말을 이해하지 않기로 했으니 일단 그렇다고 해 두지."

"목욕 시간에는 식당도 바쁘니 마법으로 욕조를 유지하면서 요리를 하기도 하는데요."

"식당에서 뒤뜰이 보이는 건가?"

"보이지는 않지요. 간단히 엿볼 수 없도록 만들어져 있어요."

"보지도 않고 마법을 유지한단 말인가?"

"그런데요?"

"⋯⋯좋아. 그렇군. 흠, 욕조가 있다는 건 기쁜 일이야."

로렛타는 생각하기를 그만두었다.

알렉은 고개를 끄덕였다.

"욕조가 만들어지면 그때부터는 여성 이용 시간이니 원하신다면 이용해 주세요."

"아, 고마워. 수행 덕분에 무척 피곤하군. 오랜만에 욕조에 들어갈 수 있다는 사실에 들뜰 정도야."

"아, 그렇지. 무척 죄송하지만 시간에 따라서는 종업원도 함께 이용하게 될 수도 있습니다. ⋯⋯물론 여성입니다만."

"상관없어. 같은 여성이라면 괜찮네."

"이해해 주셔서 감사합니다."

"참고로 다른 종업원은 지금 어디 있지?"

"세 명이 있는데 오늘은 우연히 다른 손님의 퀘스트에 동행하게 되어서요."

"그런 일도 하는 건가?"

"네. 노예가 둘이고 아내가 한 명, 모두 그럭저럭 실력자입니다."

"······응?"

"네?"

"아무래도 이 여관에 온 뒤로 청력에 이상이 생긴 모양이야······. 무척 미안한 말이지만 방금 그대에게 아내가 있다고 하는 것 같았는데. 아마도 내가 잘못 들은 듯하니 가능하면 한 번 더 분명하게 말해 줄 수 있나?"

"아내가 있는데요."

"그대의 인격으로 말인가?!"

"그게 지금껏 수행할 때도 목소리 한 번 높이지 않았던 손님이 끝내 소리를 칠 정도로 놀라운가요. 네, 아내가 있습니다. 모험가를 오래 하기도 했고. 잘 맞는 상대가 있다 해야 할지······."

"······아, 그렇군. 잘 맞는 상대였군. 안심일세. 그대의 인격으로 평범한 사람을 아내로 맞이할 수 있는 건지, 반사적으로 놀라고 말았어. 미안하네."

"아니, 미안해야 할 포인트는 다른 부분인 거 같은데요."

"그래서 그대의 아내는 어떤 상식이 결여된······ 아, 실례했군. 어떤 성품을 지니신 분이신가?"

"아내는 상식인이에요."

"아내는 유괴해서 알게 된 사이인가? 아니면 그대의 눈에는 상식인으로 보인다는, 그런 이야기?"

"······저기, 손님들은 모두 제게 멀쩡한 아내가 있다는 사실이 뜻밖인가요? 이런 대화 패턴이 매번 반복되고 있는데요."

"그렇군……. 의외라고 해야 할지, 헌병에게 연락해야 할지를 판단할 근거로서 흥미가 있다만."

"왜 헌병을……."

"범죄의 냄새가 나서 그러네만."

"그보다 아내의 기척이 가까워졌네요."

로렛타는 그의 말에 감각을 깨웠다.

……그러나 알 수 없었다. 기척 감지가 남보다 못한 수준은 아닐 텐데.

그러는 동안──.

아래층에서 문이 열리는 소리가 났다.

그리고 "다녀왔어요."라는, 여러 여성의 목소리가 들려왔다.

"아내가 돌아온 모양이네요."

알렉은 그렇게 말하며 발길을 돌렸다.

로렛타는 허리에 찬 검과 검집을 붙들고 신중하게 알렉의 뒤를 따랐다.

완전한 전투태세. 숙박을 결정한 여관의 주인 아내를 만나러 가는 태도는 아니었지만──.

따지고 보면 이 주인의 배우자였다.

로렛타의 입장에서는 결코 경계를 늦출 수 없는 상대였다.

○

1층의 식당 공간에는 이 여관에서 머무는 사람이 모두 모여 있는 듯했다.

본래 그리 넓지 않은 식당에 많지 않은 좌석이 반 이상 채워져 있었다.

알렉의 아내라는 여성은 식당의 카운터 안에 있었다.

작고 귀여운 수인이었다.

뾰족한 삼각형 귀가 머리에 있었다.

복슬복슬하면서 길고 두툼한 꼬리가 보였다.

털색은 황금빛으로 램프의 불빛에 반사되어 희미하게 빛났다.

이 안주인 때문에 '은여우 여관'이라는 이름이 붙었으리라.

……하지만 그녀의 털은 금색이지 은색은 아니었다.

이름의 유래는 다른 쪽일지도 모른다.

로렛타는 카운터 좌석에 앉아 안주인을 관찰했다.

……애초에 알렉의 연령이 좀 불분명하긴 했지만, 그걸 생각해도 나이 차가 있는 것처럼 보였다.

로렛타는 알렉에게 물었다.

"실례인 줄은 알지만 안주인이 무척 어려 보이는데……."

"아, 그건……."

알렉이 입을 다물었다.

보기 드문 대응이었다.

대신 입을 연 사람은 카운터 안쪽에서 요리하고 있던 안주인이었다.

"새로운 손님? 이름이?"

"나, 나는 로렛타라고 한다. 잠시 이곳에서 신세를 질 생각이지.

잘 부탁하네."

"그래? 나는 요미. 수인인 요미야. 잘 부탁해."

"나야말로 잘 부탁하네."

지극히 평범한 자기소개였다.

로렛타는 어쩌면 요미는 상식인일지도 모른다고 생각하기 시작했다.

"……미안하지만 아무래도 알렉과 그대의 연령 차이가 신경 쓰이네. 그대는 무척 젊어 보이는데. 아니, 젊다기보다 어리다는 말이 어울릴 법해. 두 사람이 결혼했다는 사실에 위화감이 들 정도야."

"아, 그건 말이지. 내가 밀어붙였거든."

"뭐?"

"옛날, 아직 어린아이일 무렵에 알렉이 날 거뒀어. 그 후로 함께 모험했지. 알렉은 날 여동생처럼 기른 모양이지만 내가 밀어붙여서 결혼한 거야."

"어디 아픈 건 아닌가?"

"오, 오오……. 이번 손님은 제법 직설적이네……."

요미가 쓴웃음을 지었다.

로렛타는 정신을 차리고 헛기침을 했다.

"실례했군. 하지만 아무래도 좀……. 수행을 받았는데, 그가 무슨 말을 하는지 도통 알아먹을 수가 없는 데다…… 조금, 뭐라고 해야 할까. 흠, 어…… 부드럽게 표현하면 머리에서 뭔가가 하나 빠진 것처럼 보여서."

"최대한 정중한 표현을 찾아보려는 노력은 인정할게……."

"그대도 그의 사고 방식에서 주술적인 무언가를 느끼고 있나? 만약 그렇다면 왜 결혼이라는 모험을 저지른 거지? 그대에게는 좀 더 밝은 미래가 있지 않았을까?"

"손님, 종종 무례하단 말을 듣지 않아?"

"우리 집안은 옛날부터 예의범절에 엄격해서. 지금껏 무례하단 말을 들은 적은 없었어."

"그, 그렇구나……. 무척, 관대한 집안인 모양이네."

"지금 막 예의범절에 엄격했다는 말을 한 참인데……."

"응. 그걸로 됐어. 저기, 하던 말로 돌아가서……. 봐. 우리 남편은 이런 사람이니까 내버려 둘 수가 없다고 해야 할지. 옆에서 돌봐 주지 않으면 고립될 것 같기도 하고."

"아, 그렇군……. 확실히, 그렇게 볼 수도 있겠어."

"그래서 항상 옆에 있어야 해."

요미는 기쁜 듯이 웃었다.

확실히 협박을 받는 것도 세뇌를 당한 것도 아니다. 심지어 행복할지도 모른다. 로렛타의 눈에는 그렇게 보였다.

동시에 알렉을 헐뜯었던 말을 반성했다.

절벽에서 뛰어내리거나 콩을 과하게 먹어 질식사하도록 강요하기는 했지만 그것만으로 인격을 판단하는 건 섣부른 일이었는지도 모른다.

따지고 보면 그건 모두 수행이었다.

사고방식이 좀 특수하긴 해도 모든 건 그녀를 단련시키고자 한 행동이었다.

로렛타는 조금 전까지의 언동에 부끄러움을 느꼈다.

그리고 사과하려 했지만…… 마침 좋은 타이밍에 요미가 물었다.

"그런데 로렛타 씨, 식사는?"

"응? ……그러고 보니 허기가 지는군. 정신적으로는 무척 배가 부른데……."

"그럼 뭔가 먹을래? 싫어하는 거 있어?"

"편식은 않지만── 아, 그렇지. 없었지만 바로 조금 전 볶은 콩이 싫어졌네."

"잠깐 알렉! 또 그 수행을 한 거야?!"

요미가 깜짝 놀랐다.

알렉은 고개를 갸웃했다.

"당연히 했지. 애초에 HP 늘리려면 가장 효율적이고……."

"못 살아! 그건 지독한 고문이니까 그만하라고 그렇게 말했는데."

"아니, 콩이잖아. 단백질이 풍부하고 칼로리도 낮고 이소플라본도 함유되어 있고 값도 싸고 수분도 잘 빨아들여서 배가 빨리 차고 호흡기도 잘 막고……."

"식재료를 고르는 기준이 이상하다니까! 보통은 호흡기가 잘 막힌다는 이유로 메뉴를 고르거나 하지는 않아!"

"그래도 식물성 단백질 덕분에 HP가 늘어나니까……."

"그 수행을 견딘 손님은 열 명 중 한 명 수준이잖아. ……그만

해, 꼭이야! …… 여왕 폐하의 경호 담당한테도 그 수행을 했다가 콩을 볼 때마다 울면서 죽여 달라고 할 지경이니 위험하다니까!"

"그렇지만 수행을 받겠다고 했잖아. 나도 프로이니 가능한 효율 좋게 스테이터스를 늘려주고 싶다고."

"프로니까 마음에 상처가 남지 않을 수행을 하라구."

"으음……. 이 수행이 그렇게 문제가 있나."

"알렉은 평범한 사람의 마음 따위는 모르니까."

흐뭇함을 부르는 즐거운 대화였다.

내용은 흉흉하기 짝이 없지만 이 부부 사이에는 흔한 언쟁이리라.

로렛타는 부부의 대화 중에 마음이 부서진 사람이 나왔다는 사실을 마음에 담아두지 않기로 했다.

부부의 대화에서 시선을 돌리고──.

로렛타는 주변에서 따스한 시선이 쏟아지고 있다는 사실을 깨달았다.

보아하니 네 명 정도 있는 손님 모두가 동정을 담은 시선으로 그녀를 바라보고 있었다.

분명 그들도 그 콩 수행을 극복했으리라 생각하니 낯선 타인임에도 남 같지가 않았다. 말하자면 그들은 전우였다.

문득 주변을 바라보던 로렛타는 의문을 품었다.

그 의문을, 말이 통할 법한 요미에게 확인하기로 했다.

"요미 씨, 이 여관에는 여성만 묵고 있나?"

"아, 응. 남자는 알렉밖에."

"어째서?"

"아…… 어, 음."

그녀는 말끝을 흐렸다.

말하기 어려운 사정이라도 있는 걸까.

요미가 입을 다물자 알렉이 대답을 이어받았다.

"저기 엘프 손님이 계시잖아요?"

"……흠."

로렛타가 고개를 돌렸다.

금발에 기다란 귀를 가진, 내성적으로 보이는 여성이었다.

그녀는 눈이 마주치자 꾸벅 인사를 하더니 고개를 숙이고 말았다.

로렛타의 시선이 다시 알렉을 향했다.

"그래서, 그녀가 어떻다는 거지?"

"무척 아름답지요. 그리고 그녀 다음으로 온 남성 손님이, 잠시 욕조를 엿보려 해서……."

"아, 그렇군. 그 이후로 여성 손님만 받고 있다는 건가?"

"아니요. 그렇지는 않아요. 엿보기를 한 손님을 살짝 가볍게 두들겨 드렸더니 그 이후로 남성 손님이 한 명도 오지 않게 되어서……."

"……그대의 '가볍게'는 결코 가볍지 않았겠지."

"세이브는 했으니 죽지도 않을 테고 결과적으로 상처도 없었는데 말이죠."

알렉이 머리를 긁적였다.

요미가 쓴웃음을 머금고 말했다.

"이런, 이런. 식사 중에 그런 처참한 얘기는 그만."

처참한 이야기였단 말인가.

하마터면 되물을 뻔했던 로렛타가 움찔했다. 콩 수행을 처참하다고 생각하지 않는 부부의 '처참한 이야기'는 듣고 싶지도 않았다.

요미가 말을 이었다.

"알렉, 욕조 좀 부탁할게. 난 음식을 준비해야 하니까."

"알았어, 고생해."

"알렉도."

부부는 눈을 맞추고 각자의 업무 장소로 향했다.

그 후에 나온 식사에서는 콩 한 쪽도 찾아볼 수 없었다.

○

식사.

그리고—— 목욕.

다른 숙박객에게 함께하자고 권유를 받기도 했지만 로렛타는 혼자 들어가는 걸 선택했다.

많은 사람과 함께 목욕해도 상관없고 자신이 입욕하고 있을 때 누군가가 들어오는 것도 크게 신경 쓰지는 않았다.

그러나 '몸을 담그는 욕조'는 오랜만이기에 처음만큼은 홀로 즐기고 싶었다.

다른 곳의 '목욕'이란 '통 안에 든 뜨거운 물로 몸을 씻는 작업'을 말했다.

뒤뜰.

조금 전 알렉과 싸웠을 때는 넓은 공터와 끝자락에 가정용 텃밭 같은 게 보일 뿐이었다.

그러나 지금은 석벽으로 만들어진, 열 명이 넉넉하게 들어갈 만한 욕조가 설치되어 있었다.

"……말도 안 되는 기술력이야."

로렛타는 몸을 닦는 수건만을 몸에 두른 상태로 혼잣말을 했다.

바라 마지않았던 욕조임에도 자연스럽게 머뭇거릴 수밖에 없었다.

가까이 다가가 팔을 넣고 온도를 살폈다.

……딱 좋은 온도였다.

다른 손님이 입욕하고 어느 정도 시간이 지났는데도 온도가 유지되고 있는 듯했다.

……그는 정말로 전혀 보이지 않는 상황에서 욕조의 석벽이나 온도를 유지하고 있는 걸까?

마법이라는 건 생각 외로 불편하다.

일단 발동할 수 있는 건 하나밖에 없고 시야가 확보되지 않은 채 제어하는 건 거의 불가능하다는 의견이 지배적이었다.

그런데 여섯 개의 마법을 동시에 발동할 뿐만 아니라, 보지도 않고 온도를 유지한다는 말은 직접 목격하기 전엔 도저히 믿기지 않는 이야기였다.

로렛타는 주변을 살폈다.

조금 전 들었던 '참혹한 이야기'를 생각하면 그 점주가 엿보거나 할 것 같지는 않았다. 그래도 마법 유지를 위해서 욕조를 살펴볼 수 있는 장소가 있더라도 이상한 일은 아니었다.

그러나 주변은 건물로 감싸여 뜰을 볼 수 있는 장소는 없어 보였다.

건물의 옥상까지 오른다면 꼭 불가능하지는 않겠지만 그 경우라면 이쪽에서도 손쉽게 알아챌 수 있다.

욕조에 있는 사람에게 들키지 않고 엿볼 수 있는 장소는 없는 듯했다.

로렛타는 누군가가 엿보고 있을 가능성은 낮다 판단하고 몸에 두르고 있던 수건을 풀었다.

손으로 물을 떠서 가볍게 몸을 적시고 욕조에 들어섰다.

"오오오……."

무심코 묘한 신음이 흘러나왔다.

조금 감동하고 말았다.

오랜만의 욕조였다.

설마하니 이런 허름한 여관에서 이러한 호사를 맛볼 줄이야.

"환경이 지나치게 선진적이야. ……꼭 미래에 있는 것 같군."

목욕이라든가, 식사라든가. 그리고 화장실도.

말도 안 될 정도의 좋은 환경이다. 로렛타는 그렇게 느꼈다.

물론 면적은 좁았고 그렇게까지 정성껏 만들어졌다는 느낌도 아니었다.

그러나 섬세한 부분에서 수백 년은 가볍게 앞선 기술을 체험하고 있는 듯한 기분이 들 때가 있었다.

"……농담이겠지만 알렉 씨는 정말 다른 세계에서 왔을지도 모르겠어."

수행이라거나, 수행이라든가, 콩처럼 괴로운 일은 오늘 하루에도 산더미처럼 많았지만——.

이 욕조에 몸을 담그는 것만으로도 모든 걸 너그럽게 봐줄 수 있을 정도로 기분이 좋았다. 내일도 열심히 할 수 있을 것 같다.

그런 생각에 잠겨있자.

똑똑, 목욕탕의—— 여관에서 뒤뜰로 연결된 문을 두드리는 소리가 들렸다.

"여보세요? 안에 누구 계신가요?"

알렉의 목소리였다.

로렛타는 대답했다.

"로렛타다! 들어와 있는데, 무슨 일이지?"

"이제 곧 여성 시간이 종료되니 안내를 드리려고요."

"흠, 그렇군……."

조용하게 욕조를 즐기고 싶은 마음에 다른 숙박객과는 다른 시간에 들어왔던 게 오히려 발목을 잡은 셈이었다.

로렛타가 말했다.

"미안하군. 곧 나가겠네."

"아니요, 남성은 저 하나뿐이니 이제 막 들어오셨다면 괜찮습니다."

"그, 그런가? ……그렇다면 미안하지만 조금 더 목욕을 즐기고 싶군. 오랜만의 목욕이라."

"네, 괜찮습니다. 나오면 알려 주세요. 온도나 뭐 불편하신 게 있으면 조정할 수도 있어요."

"그래? ……안성맞춤이라는 건 이럴 때 쓰는 말이겠지. 내가 경험했던 목욕 중에서도 최상급에 분류될 서비스야. 집으로 돌아간다면 목욕 전담으로 고용하고 싶을 정도로군."

"감사합니다."

"그래서 온도 말인데, 약간 더 뜨겁게 해 준다면 고맙겠어."

"그렇게 하지요. 그럼 또 필요한 게 있으면 불러 주세요."

알렉의 기척이 멀어졌다.

그러자 욕조가 약간 뜨거워졌다.

……정말로 시야가 확보되지 않은 상태로 조절하는 걸까? 불안이 일었다.

그것은 보고 있다 하더라도 손쉽게 할 수 없는, 섬세한 마법 조작이었다.

"……성실하고, 이해가 빠른 주인이기는 한데."

어째서 수행을 시작하면 이상한 사람으로 변모하는 걸까.

로렛타는 그 사실이 무척 신기하게만 느껴졌다.

○

그 여관에서 보내는 밤은 놀라움의 연속이었다.

무엇보다 침대부터가 이상했다.

침대에 몸을 눕혔을 때 느껴지는 감촉이 볏짚이나 천을 겹쳐 놓은 것과 전혀 다르다.

탄탄한 탄력이 있으면서도 딱딱하지는 않았다.

흡사 침대가 자신의 의지를 갖고 잠드는 사람의 몸에 맞춰서 변화하는 것만 같았다.

뭐라 형용하기 어려울 만큼 잠이 솔솔 왔다. 로렛타로서는 처음 해 보는 경험이었다.

다음으로, 담요가 이상했다.

요즈음 들어 밤이 되면 제법 쌀쌀했다.

지금 시간대라면 특히 서늘한 바람이 불기 때문에 한층 싸늘한 것이다.

여관 자체는 허름했기 때문에 어느 정도의 바람은 각오하고 있었지만…….

커다란 쿠션을 닮은 물건이 있었고 그것을 덮고 자라는 안내를 받았다.

그 말에 따랐더니 조금도 춥지 않았다.

보통은 담요를 둘둘 감싸고도 추위에 떠는 게 일반적인 여관의 잠자리였다.

도대체 이 쿠션 같은 물건은 무엇일까. 로렛타는 전율했다.

게다가 화장대의 거울까지도 살짝 이상했다.

가까이 다가섰을 때 몸의 반이 비칠까 하는 정도의 크기임에도 조금도 상이 흐려지거나 왜곡되지 않았다.

이런 거울을 구매한다면 그것만으로도 집 한 채를 살 수 있을 정도의 물건이었다.

그러나 그런 거금이 남아돌 정도라고 하기에는 건물 자체에 빈틈이 많았다. 어떻게 된 일일까.

이런저런 요소 넉분에 아침에는 무척 상쾌하게 눈을 떴다.

이 여관에 한 번이라도 묵는다면 다른 여관에 갈 수 있을까.

아침이 되어 식당에 내려온 로렛타는 알렉에게 다양한 의문을 내던졌다.

그는 카운터 내부에서 커다란 프라이팬을 이용해 뭔가 수상한, 작고 동그란, 두 번 다시 입에 넣고 싶지 않은 물체를 볶으면서, 대답했다.

"스프링 침대예요. 모양이나 숫자는 제가 고안하고 하나하나 마법으로 금속을 구부렸지요. 담요는 그, 모포라고 해야 할지, 깃털 이불이고요. 이쪽 세계에서는 그런 침구 개념이 별로 발달하지 않은 모양이라 그것도 손수 만들었지요. 화장대 거울도 직접 만들었어요. 이쪽 세계의 거울은 전부 작아서 화장대라는 느낌이 들지 않았거든요."

"……반절 이상 무슨 말인지 모르겠지만 그대는 뭐든지 할 수 있군."

"마법이 있으니까요. 아마 본래 있던 세계에서 똑같은 일을 해보라고 한다면 저도 못할 거예요."

……마법이 그렇게까지 만능의 기술은 아닐 텐데.

검술에 뛰어난 사람이라면 검으로 해결하는 게 편할 일을, 마법에 뛰어난 사람은 마법으로 해결하는 정도였다.

아니, 마법을 여섯 개 동시에 발동할 수 있을 정도의 마술사가 덤벼든다면 또 다른 걸까.

　로렛타는 알렉을 이해하기에는 여전히 넘어야 할 산이 많다는 사실을 실감하면서 고개를 끄덕였다.

　알렉이 물었다.

　"그런데 로렛타 씨, 아침은 어떻게 하시겠어요?"

　"그대가 프라이팬으로 볶고 있는 그것만 아니면 뭐든 괜찮네."

　"이건 다음 손님의 수행을 위한 것이니 아침밥으로는 제공하지 않아요."

　"……안주인이 그 수행은 그만두라고 하지 않았던가?"

　"그래도 그게 제일 HP 증가율이 높거든요."

　"효율을 우선하기보다 마음의 상처를 남기지 않는 방법을 찾아야 한다고 보는데……. 뭐, 그게 그대의 경영 방침이니 과도한 참견은 하지 않겠어."

　"아, 로렛타 씨, 오늘은 드디어 공격력을 늘릴 거예요. 체력 승부가 될 테니 아침을 든든히 먹는 걸 추천할게요."

　"'드디어'라고 말해도 이제 이틀째인데…… 어제 한 수행 성과도 아직 실감 못 할 정도야."

　"어제 올린 튼튼함과 HP는 오늘 제대로 효과를 실감할 수 있을 거예요."

　"그래? ……식사도 수행의 일환이라고 하니 아침은 오늘 수행 내용에 어울리는 걸 부탁해 볼까."

　"역시 식사도 수행이죠. 다행이네요. 콩을 먹는 수행은 그릇된 게 아니었어요."

"아니, 콩을 먹다 질식사하는 수행을 정당화하는 발언은 아닌 것 같은데."

"그럼 아내에게 전해서 요리를 준비할게요. 지금 아내가 안쪽에 있거든요."

"그대는 뭐든지 할 수 있는 것 같은데 요리는 못 하는 건가?"

"제 요리보다는 아내가 해 주는 게 더 맛있거든요."

알렉이 미소를 머금고 말한 뒤 발길을 돌렸다.

그리고 안쪽으로 사라지기 직전—— 알렉이 빙글 고개를 돌렸다.

"아, 오늘 수행은 조금 힘들지도 모르니 힘내 주세요."

부드러운 미소를 띠며 그렇게 말하고는, 질문을 던질 틈도 주지 않고 안쪽으로 사라지고 말았다.

로렛타는 잠시 말문이 막혔다가——.

주변에 있는 다른 숙박객을 바라보았다.

모두 한결같이 시선을 피했다.

"대체 무슨 꼴을 당하게 되는 거야! 누가! 누가 좀 가르쳐 줘!"

그녀의 비명에도 답은 돌아오지 않았다.

다만, 장례식을 떠올리게 하는 어두운 분위기만이 로렛타의 불안을 부채질할 뿐이었다.

○

"어? 왜 그렇게 겁먹었어요? 던전에 도전하는 것뿐인데……."

로렛타가 알렉을 추궁하자 돌아온 건 김이 새는 대답이었다.

던전에 도전한다.

모험가라면 일상 같은 일이다.

대부분의 모험가는 던전 탐색으로 생계를 유지한다.

던전 공략에는 '조사', '탐색', '제패'라는 단계가 있다.

그중 '조사' 단계에서는 맵핑이나 그곳에 있는 몬스터의 강력함을 측정하고 던전의 레벨을 결정하는 과정이 진행되는데, 이 작업은 그 무엇보다 안전을 최우선으로 한다.

물론, 미지의 던전에 발을 들이는 셈이니 당연히 위험이 없지는 않았다.

그러나 몬스터의 강력함을 알게 되면 남은 건 전투뿐이다.

맵핑도, 눈으로 보고 파악하는 정도밖에 할 수 없다.

'조사' 단계에서 알 수 있는 건 던전의 대략적인 부분뿐이다.

모험가의 주된 수입원이 되는 던전의 '탐색' 단계는 '조사'를 보강하고 빈틈을 채우는 일이었다.

조사 단계에서는 미처 발견하지 못했던 방 등을 발견하는 것이다.

운이 나쁘면 그 던전에 단 한 마리밖에 없는, 기이할 정도로 강력한 몬스터의 습격을 받는 사고가 일어날 수도 있다.

그렇게 위험하기에 모험가에게 맡기는 경우가 많기도 하다.

그 대신에 보물을 취득하거나, 해치운 몬스터의 유실물을 습득하는 것도 허용되었다.

운이 좋다면 일확천금을 손에 넣을 수도 있는 육체노동.

그것이 모험가의 주된 임무인 '탐색'이었다.

그런 연유로, 알렉과 로렛타는 마을 농쪽에 있는 던진을 찾았다.

도보로 30분 거리에 있는 비교적 가까운 던전이었다. 휑하니 넓은 모래땅 위에 동굴 하나가 고독하게 입을 벌리고 있었다.

그곳은 '입문자의 동굴'이라고 불린다. 신출내기 모험가가 처음으로 들어가기 때문에, 일부러 '제패'를 금지한 모험가의 등용문이었다.

지금은 낮이어서 주변은 다양한 사람으로 북적였다.

너나 할 것 없이 만만치 않은 인상을 풍기는 것이 참으로 모험자다운 분위기였다.

알렉과 로렛타는 번잡한 '입문자의 동굴' 입구에서 어느 정도 거리를 두고 서 있었다.

상황을 살피고 있지만—— 던전 앞임에도 주변은 목가적인 분위기까지 풍겼다.

간단한 던전이라 당연하다. 로렛타도 몇 번인가 들어간 적이 있었다.

솔직히 말하자면 몬스터도 약하고 헤맬 만한 길도 없어서 보람을 느끼기 어려운 장소였다.

로렛타가 물었다.

"설마 이곳에 도전하는 건가?"

"네. 그런데요."

"음……. 미안한 말이지만 이곳은 벌써 돌파한 적이 있어. 던전 마스터와의 전투는 금지되어 있고 이 정도 레벨의 던전에서 수행이 될 리 없다고 보는데."

"그런가요?"

"음. 나는 이래 봬도 일찍부터 검술을 단련한 몸일세. 모험가에 도전하면서 어떤 괴물과 싸우게 될지 두려웠지만 이 던전에 도전하고 해 볼 만하겠다는 자신감을 얻었을 정도였지."

"아, 그랬군요. 그럼 다행이네요. 의외로 수행이 빨리 끝날 것 같아요."

"아니, 아니. 내 말은 이 던전에서는 수행이 안 된다고 말하는 건데."

"정말 그럴까요?"

"……나는 그대보다 강하다고 말할 수 없지만 이 던전의 몬스터보다는 강하네."

"그럼 마음이 놓이네요. 벗어 주세요."

"으응? 뭐라고? 방금, 이상한 말을 한 것 같은데?"

"이상한 말은 하지 않았는데…… 갑옷을 벗어 주세요. 검도 제가 보관하겠습니다."

"뭐야, 그런 의미였나……. 순간 옷을 벗으라는 줄 알고── 아니, 아니. 그것도 이상하잖아? 나는 이제부터 이 던전에 도전할 거라고, 그렇게 생각했는데."

"맞아요."

"던전에 도전할 건데 장비를 벗으라고?"

"맞아요."

빙글빙글.

도무지 이해할 수 없는, 알렉의 시공에 집어삼켜지는 듯한 느낌이 로렛타의 의식을 꽁꽁 묶었다.

"……뭐, 이곳 던전의 몬스터라면 장비가 없더라도 영 상대가 불가능할 정도는 아니겠지……. 그대의 수행은 항상 엉뚱하군. 좋아. 장비를 넘기지. 그럼 난 검도 갑옷도 없이 이 던전에서 뭘 하면 되는 거지?"

"몬스터를 전멸시켜 주세요."

"……던전 마스터에게 도전하라는 뜻인가?"

"아니요, 그건 금지되어 있어요. 저 던전은 초심자들이 몬스터라는 존재를 마주하는 데에 중요한 장소이니까요. 알고 계시겠지만 던전 마스터가 죽으면 몬스터가 생겨나지 않게 되지요. 초심자 육성의 장을 부수는 건 제 신념에 반하는 일이니 그런 요구는 하지 않아요."

"그럼 어떤 의미지? 점점 더 이해할 수가 없군. 몬스터를 전멸시키려면 던전 마스터를 해치워 몬스터의 생성을 멈출 수밖에 없다고 기억하고 있는데."

"맞아요."

"하지만 던전 마스터를 해치우지 않고 몬스터를 전멸시키라고 했잖나."

"맞아요."

"그건 무슨 뜻이지?"

"초당 다섯 마리죠."

"뭐?"

"이 던전에서 몬스터가 생성되는 건 초당 다섯 마리예요. 500마리가 최대치이고 그 이상은 불어나지 않지만 줄어들면 보충되지요."

"음…… 그렇군. 역시 초심자 입문용 던전이야. 감탄할 정도로 긴밀한 조사가 진행되었다고 해도 이상할 건 없지."

"말하자면, 초당 여섯 마리 이상을 해치우면 던전 마스터가 존재하고 있더라도 몬스터를 전멸시킬 수 있겠죠?"

"……이론적으로는 그렇겠지."

"바로 그거예요."

"이해는 했지만 이해가 안 되는군."

"맨손으로, 1초에 여섯 마리 이상 해치우는 속도로, 몬스터를 500마리 해치워 주세요."

이해했다니까.

로렛타는 관자놀이에 손가락을 얹었다.

일반적으로 전투라는 건 그렇게 간단히 결판나지 않는다.

아무리 능력에서 차이가 크게 나는 상대라 하더라도 몬스터의 내구력은 인간을 뛰어넘는다.

이전에 이 던전에서 전투를 벌였을 때의 기억에 따르면 한 마리를 상대로 1초에 마무리하더라도 여섯 마리가 한꺼번에 덤빈다면 극복하기 어려웠다.

게다가 그 당시에는 검을 잡고 있었다.

당연했다. 격투가도 아닌 그녀가 맨손으로 던전에 들어갈 일은 없다.

격투가라도 건틀릿 등의 장비는 착용한다.

"점점 머리가 아파지는군."

"그럼, 잠깐 죽었다가 오실래요?"

"'잠깐 쉬었다 갈까?' 같은 느낌으로 그런 말은 좀……. 그런
게 아니라…… 저기, 불가능하지 않을까? 아니면 마법을 써 보라
는 뜻을 숨기고 있는 건가? 만약 그렇다면 좀 이해하겠네만."

"로렛타 씨는 마법을 못 쓰시잖아요? 간단한 회복과 공격 보조,
그리고 마력을 활용한 공격이라면 괜찮은데요. 마법을 사용할 수
있다면 '사일런스(침묵)'를 걸어 둘 생각인데……."

"말하자면, 정말 맨주먹 하나로 몬스터를 1초에 여섯 마리 이상,
오백 마리 모두가 사라질 때까지 계속해서 해치우라는 건가?"

"아까부터 계속 그렇게 말했잖아요."

"불가능하지 않나?"

"아, 될 때까지 던전에서 나오시면 안 돼요."

"……내 말을 좀 들어 줘. 나는 좀 전부터 계속 불가능한 일이 아
닌지를 묻고 있네만."

"물론 듣고 있어요. 충분히 이해도 합니다. 그러니 할 수 있도록
단련하는 거죠. 로렛타 씨는 제가 말한 목적을 달성할 때까지 던
전에서 쉬지 않고 싸워 주세요. 지금 상태로 볼 때 평균 사흘은 먹
지도 마시지도 않고 잠도 못 자고 던전에서 머물게 되겠네요. 이
른바 조무래기 사냥을 통한 레벨링이라는 거죠."

"몬스터에게 당하지 않더라도 피로로 죽을 것 같군."

"아, 세이브 포인트를 만들게요."

알렉이 한 손을 내밀었다.

그러자 빛나는 구체가 나타났다.

그 순간 주변이 술렁였다.

로렛타는 사람들의 시선이 모여드는 걸 느꼈다.

술렁임이 점점 번져나갔다.

그녀는 귀를 기울였다.

아무래도 주변 사람들은 이런 말을 속삭이고 있는 모양이었다.

"…… '여관의 마왕'이 또 수행을 시키는 모양이야……."

"텄네, 텄어. 오늘 던전 탐험은 접자고……."

"이번 희생자는 저 빨간 머리인가……. 가엾게도. 아직 젊어 보이는데."

"어이! 눈 마주치지 마! 표적이라도 되면 어쩔 거야!?"

"젠장, 저건 왜 누가 잡아가지도 않는 거야! 아니면 왕국이 저 녀석의 고문을 인정하기라도 하는 거야?!"

그들의 대화는 분명 알렉의 귀에도 들어갔으리라.

그러나 그는 빙글빙글 부드러운 미소를 머금고 말했다.

"제법 여러 번 한 덕분에 이 수행도 제법 유명해진 모양이네요."

"……어째서 그대는 체포되지 않는 거지?"

"네? 왜 제가 체포당해야 하나요?"

"……그대는 반드시 체포되어야 마땅하다고 생각하는데. 많은 사람의 마음에 상처를 남겼잖나."

"로렛타 씨도 참 별스러운 농담을 다 하시네요."

"농담?"

"마음의 상처를 어떻게 입증하겠어요?"

"……."

"몸의 상처도 남지 않지요. 세이브하니까요."

"……그렇군."

로렛타는 미소로 응답했다.

이제 웃을 수밖에 없었다.

알렉이 옅은 미소를 머금고 말했다.

"그럼 가 볼까요. 세이브를 잊지 마세요. 상대가 약한 몬스터라도 장비가 없으면 죽을 수도 있으니까요. 저는 이곳에서 로렛타 씨가 돌아오는 걸 기다릴게요."

"……응, 열심히 해 볼게."

로렛타는 죽음이 깃든 눈으로 말했다.

알렉은 웃고 있었다.

어디까지나 부드럽게.

어디까지나 온화하게.

○

"──눈여겨봐야 할 건 적이 아닐세. 전체적인 흐름이지. 전투라는 건 적과 마주하기 전부터 시작되는 법이지. 서로가 선 위치,

맞붙는 타이밍, 적의 태세, 지형, 그리고 대치하는 순간에 파악하는 상대와의 기백 차이. 중요한 건 확실성이었어. 빠르지 않더라도, 강하지 않더라도 한순간에 승부가 결정될 수 있고 그 반대도 가능하지. 적만이 아니라 환경 전체를 훤하게 파악할 수 있는 눈이야말로 전투에서 가장 중요하다는 사실, 나는 이번에 그런 깨달음을 하나 얻었지."

사흘 후.

로렛타는 던전의 몬스터를 전멸시켰다.

중간쯤부터는 자신이 뭘 하고 있는지 의식조차 없었다.

세계의 의사라고 할 만한 무언가와 대화를 나누면서 무척 객관적으로 자신의 움직임을 관찰하는 기분이었다.

실에 매달린 인형을 움직이고 있는 듯한 감각에 가까웠다.

극한의 피로, 극한의 수면 부족, 극한의 공복을 통해 그녀는 자신의 영혼이 몸을 빠져나가 어딘가 높은 곳에서 오르는 듯한 감각을 느끼게 되었다.

따라서 알렉이 수행의 끝을 알려 주어야 했다.

던전 내부에 있는, 흙과 종유석으로 만들어진 넓은 공간.

그곳에서 로렛타는 알렉의 팔에 안긴 채 눈을 떴다.

"고생했어요. 로렛타 씨는 목표를 달성했습니다."

그가 어떠한 방법으로 그 사실을 알았는지는 알 수 없었다.

기척을 죽인 채로 관찰했던 걸지도 모른다.

어쩌면 뭔가 또 다른 미지의 마법으로 그녀를 감시했을지도 모른다.

그러나 고생했다는 그 말을 듣는 순간, 로렛타는 크나큰 안도감을 느꼈다.

무심코 알렉을 얼싸안고 눈물을 뚝뚝 흘렸다.

"내가 해냈어……. 해낸 거야……. 긴, 기나긴 싸움이었어……. 영원처럼 느껴지는 시간을, 홀로 몬스터와 싸우고…… 공복도, 수면 부족도, 완전히 망각하고서, 더 이상 아무것도, 아무것도 느껴지지 않게 되고……."

"열심히 하셨네요. 많은 분이 이 수행을 마치면 대체로 그런 느낌을 받지요. 여관까지는 제가 업고 모셔다드릴 테니 좀 주무세요. 돌아가면 물을 데워드릴게요."

"그래……. 돌아가는구나. 드디어 어둑한 동굴을 떠나 몬스터가 없고, 따스한 목욕물과 침대가 있는 여관으로 돌아가는 거야……."

흡사 아버지에게 매달린 어린아이 같은 심정이었다.

체력은 바닥나 이제 손가락 하나 움직일 수 없건만, 의식은 잦아들 줄을 몰랐다.

알렉의 등에 업혔다.

무언가 거대하고 다정한 생물의 등에 올라탄 듯한 안도감이 느껴졌다.

분명 알렉의 아내인 요미도 이렇게 업어 주면서 꾀어냈으리라. 로렛타는 그렇게 생각했다.

척척 앞으로 나아갔다.

아직 소녀라는 말이 어울리는 나이라곤 해도 사람 하나를 업고 있는 것치고는 가벼운 발걸음이었다.

로렛타는 눈을 찌르기 시작하는 햇살에 눈을 가늘게 떴다.

바라 마지않았던 풍경이 펼쳐졌다.

광활한 사막.

모험가들이 두 사람을 발견했다.

그들은 한줄기 눈물과 함께 박수를 쏟아냈다.

따스한 풍경.

그것은 동정이나 연민일지도 모르지만 손뼉을 치는 사람들 속에서 로렛타는 꾸밈없는 다정한 햇살을 발견했다.

이토록 눈부신 풍경이 또 있을까.

로렛타는 몽롱한 머리로 생각했다.

"……귀족의 집안에서 태어난 뒤로 이렇게나 따스한 사람들에 둘러싸인 적은 없네."

"역시 귀족이었네요."

"귀족, 이었지. 숙부 부부에게 가주 자리를 빼앗긴 상태지만."

"……."

"나는—— 그래. 나는 반지를 되찾아야만 해. '화원' 조사 중에 숙부가 떨어트린, 가주를 위해 준비된, 반지를……."

"아, '조사'는 보통 귀족인 분들이 맵핑을 담당한다고 들은 적이 있네요. ……그럼, 숙부께 부탁을 받은 건가요?"

"아니야……. 어머니의 유품으로…… 모험가였던 아버지가…… 나는, 아버지의 원한을…….."

"……피곤하겠지요. 일단 주무세요."

다정한 음성.

온몸 구석구석에 퍼지며── 별안간 강렬한 졸음이 쏟아졌다.

마법일까? ──뭐 어떠랴.

로렛타는 다정한 잠에 빠져들었다.

괴로운 싸움은 막을 내렸다. 이로써 그녀는 한층 더 강해질 수 있을까.

한 걸음, 더 목표에 가까워진 걸까?

그녀는 문득 그런 의문을 품었다.

○

로렛타는 눈을 떴다.

정신을 차리고 보니 '은 여우 여관'에 있는 자신의 방이었다.

주변은 어둑했다.

작은 창문으로 햇살이 스며드는, 그런 풍경은 없었다.

아마 밤이리라.

이곳에 도착하기 전의 일은 어렴풋하게만 기억에 남아 있었다.

몬스터를 때리고, 때리고, 또 때리고……. 알렉에게 업혔다는 데까지는 기억했다. 그러나 그게 전부였다.

상세한 기억은 머리에서 깨끗하게 사라져 있었다.

분명히 목욕탕에 들어가라는 말을 들은 것 같은데 거기서부터 기억이 없었다.

"……목욕탕에는."

막 일어난 자신의 몸을 살폈다.

갑옷도 검도 없는 가벼운 차림. 던전에 도전했을 때 입고 있던 옷은 너덜너덜해졌을 텐데 지금 입고 있는 건 깨끗한 흰 셔츠와 스커트였다.

옷을 갈아입었던 모양이다. 몸에서도──냄새는 나지 않았다.

"……목욕은 한 모양이네."

입욕 당시의 기억이 없다는 게 살짝 무서웠다.

그러나 해가 되는 일은 없었으리라는 믿음은 있었다.

왜일까. 몬스터 500마리를 해치우는 훈련을 통해 알렉에 대한 흔들림 없는 신뢰의 싹이 자라 있었다.

엉망진창이 된 순간 나타난 모습에 감동했던 걸지도 모른다.

……애초에 그 남자 때문에 시작된 일이었으니, 냉정히 돌이켜 생각하면 감동할 만한 것도 아닌데.

……왜일까. 그의 얼굴을 보는 게 묘하게 부끄러울 것 같았다.

그런 생각을 하면서 머리카락을 쓰다듬고 있자──.

똑똑, 누군가가 조심스럽게 문을 두드렸다.

로렛타는 깜짝 놀라 대답했다.

"이, 있네!"

"알아요. 알렉입니다. 잠시 들어가도 될까요?"

로렛타는 자신의 몸을 내려다보았다. "기다려 주게."라고 말하고는 급히 일어났다.

커다란 거울이 있는 화장대로 차림새를 점검했다.

그리고 방구석에 세워져 있던 갑옷과 검을 장비했다.

"괘, 괜찮아."

헛기침을 하고 목소리를 가다듬었다.

문은 천천히, 정중하게 열렸다.

"좋은 아침이네요, 로렛타 씨. 상태는—— 좋아 보이네요. 벌써 의욕을 넘치시는군요."

알렉은 로렛타가 벌써 장비를 갖춘 모습을 보고 그렇게 말했다.

로렛타가 고개를 끄덕였다.

"무, 물론이지. 그런데 무슨 일인가?"

"네. 의식이 없는 동안에 있었던 일을 설명할 참이에요."

"그래? 수고를 끼쳤군."

"아니요, 괜찮습니다. 그럼…… 로렛타 씨, 만 3일하고도 반나절에 걸친 전투 끝에 던전에서 나와 목욕하고는 하루하고도 반날을 잠들어 계셨어요."

"……그렇게까지."

"돌아온 시점이 어제 낮이에요. 그리고 지금은 그다음 날 밤이지요."

"설마 내가 그렇게까지 잠들었을 줄은 몰랐어……. 일주일이라고 했던, 그대가 내게 '화원'을 제패할 힘을 기를 때까지의 기한에 문제가 생기는 건 아닌가?"

"아니요. 예상을 벗어난 점은 있지만 굳이 말하자면 환영할 만한 방향으로 예상을 벗어난 부분이라서요."

"무슨 의미지?"

"제 계산에 따르면 로렛타 씨는 앞으로 반나절은 더 일어나지 못했을 거예요."

처음부터 이틀은 드러눕는 걸 전제로 계획을 잡았던 모양이다.

거기까지 계획하다니 대단한 일이다. 그렇게 칭찬하면 되는 걸까?

아니면 거기까지 계획하다니 지독하다고 질책하면 되는 걸까.

어느 쪽이든, 로렛타는 일단 고개를 끄덕였다.

"그렇다면 실질적으로 닷새 만에 '화원'을 제패할 정도로 날 단련시키겠다는 계산이라는 건데."

"그렇지요. 몇 개 정도 던전을 제패한 경험이 있으니 감각적으로 대강 '어느 정도의 던전에는 어느 정도의 던전 마스터가 있다.'라는 걸 알 수 있거든요. 그런 제 감각에 따르면 '화원'의 던전 마스터는 대강 120레벨 정도일 거예요."

"……모험가 협회가 정한 던전의 레벨보다 20이나 높은 것 같다만."

"20 정도라면 오차의 범위라고 할 수 있지요."

"일반적인 모험가가 그 오차를 메우려면 몇 년을 필요로 하네."

"보통의 모험가라면 죽을 수 없으니까요. 로렛타 씨는 죽어도 괜찮잖아요?"

"그렇군."

"스테이터스를 가지고 판단한다면 지금까지의 수행으로 30 정도였던 로렛타 씨의 레벨은 80 정도까지 올랐어요. 뭐, 모험가 협회의 시험에서는 다른 수치가 나올지도 모르겠지만."

"자살하고 콩을 질릴 성도로 먹고 그다음 날부터 사흘 반나절을 싸우고 돌아와서 하루 반을 잠들었으니…… 경과한 일정은 엿새라도 실질적으로는 나흘 정도인데, 그 사이에 50이나 오르다니……. 하지만, 그대가 결정한 '일주일' 이라는 기일대로라면 하루밖에 남지 않았군."

"남은 시간 동안에 50레벨을 올리겠습니다."

"하루 만에?"

"반나절이지요. 그 후에는 잠깐 쉬기로 하죠. 로렛타 씨가 반나절 빨리 일어났으니까요."

"……이제와 그대의 수완을 의심하는 건 아니야. 확실히 튼튼함이나 지구력은 기이할 정도로 상승했다는 건 알았네. 던전에서 500마리의 몬스터를 상대하면서 실감했고 상대를 때리는 동안 내 완력이 착실하게 붙고 있다는 걸 알 수 있었어. 하지만 아무리 그대라도 나흘 만에 올린 레벨을 앞으로 반나절 동안에 올린다는 건 어렵지 않겠는가?"

"아니요, 다음 수행은 지금껏 했던 어느 수행보다 하드하니 괜찮아요."

"살려 주게."

의식할 틈도 없이 본심이 제멋대로 튀어나왔다.

자신도 '내가 이렇게 여성스러운 목소리였나?' 라고 놀랄 만큼 가는 목소리였다.

알렉은 부드러운 미소를 머금고 있었다.

"괜찮아요, 죽지는 않아요."

"그대는 모르겠지만 난 수행 중에 몇 번이나 죽여 달라고 생각했어. 오히려 죽지 않는 게 괴로울 때도 있었다고."

"하하하. 젊은 나이에 쉽게 목숨을 버려서는 안 될 일이에요."

"그대의 입으로 들으니 지극히 와닿지 않는 말이다만……."

"괜찮아요, 괜찮아. 안심할 수 있도록 첨언하자면 당연히 식사도 할 수 있고 제대로 잠도 잘 수 있을 거예요. 지독한 일은 없을 테니까요."

"그대 기준의 판단이라는 시점에서 무엇 하나 안심할 수 없지만…… 차라리 얼른 수행 내용을 밝혀 줄 수는 없을까. 불안해서 견딜 수가 없네."

"네, 그럼 말씀드릴게요."

묘하게 거드름을 피운다. 로렛타는 그렇게 느꼈다.

평소의 알렉은 폭탄 선언을 더 아무렇지도 않게 던지는 사람이었는데.

어떤 수행이 떨어질까 싶어서 불안을 가늠할 수 없었다.

로렛타는 이번에야말로 되묻지 않도록, 귀에 신경을 집중했다.

알렉이 말했다.

"제게 일격을 먹여 주세요."

평소와 다름없는 미소를 머금은 채로.

로렛타는 '은 여우 여관'을 찾아왔던 날을 생각했다.

혼신을 담은 첫 공격을 손쉽게 붙들렸다. 속도를 자랑하는 비장의 한 수를, 허무할 정도로 쉽게 받아넘겼다.

상처 하나 입힐 수 없있다. 그런 상대에게——일격을, 먹인다?

로렛타는 당황했다.

알렉이 말을 이었다.

"장소는 어디라도 좋아요. 시합 같은 형식도 없습니다. 내일은 온종일 여관에 있을 테니 요리 중이든 식사 중이든, 목욕을 하는 동안이나 잠을 자는 동안이든 상관없습니다. 언제든지 어디서든, 어떤 수단이라도 괜찮으니 제게 공격을 명중시켜 대미지를 주세요. 그걸로 '화원'을 목표로 한 로렛타 씨의 수행은 종료될 겁니다. ……아, 반격도 할 테니 주의하세요."

"……정말 미안한 말이지만 일격을 먹인 정도로 내가 강해진다는 건가?"

"그렇군요. 이쪽 세계도 시스템상, 자신보다 강한 상대에게 한 번의 유효타를 먹이는 게 자신보다 약한 상대를 닥치는 대로 사냥하는 것보다 강해질 수 있는 모양이에요."

"……그대의 말은 여전히 하나도 이해가 안 되는군. ……참고 삼아 묻고 싶은데, 모험가 길드에서 규정한 그대의 레벨을 알려 줄 수 있나?"

"그건 말씀드릴 수 없어요."

"비밀로 하지 않으면 효과가 없다는 건가?"

"아, 아니요, 그, 그런 게 아니라."

"대답하기 힘들다면 억지로 캐물을 생각은 없네."

"아니요. 그…… 이것도, 말해도 다들 믿지 않을 정도로의 이야기인데요."

"이제 와서 강함과 관련된 그대의 고백을 의심하거나 하지는 않네. 여왕 폐하와 지인이라거나, 그런 인맥은 좀 뜻밖이지만 대강은 믿어 보자는 심정이지."

"그러시다면…… 저, 죄송하지만 저는 레벨이 없어서요."

"……그게 무슨 의미인가?"

"검정 시험 같은 걸 치르지 않아도 강력한 던전에 도전할 수 있잖아요."

"그건 그렇다만."

"그래서 처음에 모험가 등록을 했을 때, 아직 약할 때 몇 번 가볍게 시험을 보고 그 이후로는 한 적이 없거든요."

"……흠?"

"그래서, 제 레벨은 굳이 말하자면 1이에요."

"……."

"스테이터스 기준으로 저 자신에게 레벨을 매긴다면 계측 불능이지요."

"어째서지? 그대는 내 레벨을 손쉽게 판단했잖아?"

"아, 그건 전부 표기 한계를 넘어 버려서."

"뭐?"

"공격력도, 방어력도, 인간이 도달할 수 있는 한계치거든요. 전례가 없어서 레벨로 환산할 수가 없어요. 음, 말하자면——."

알렉이 머리를 긁적였다.

그리고 다소 수줍은 듯이.

"세계 최강의 레벨 1, 이라고 말할 수 있겠지요."

……아마도 진실일 게 분명한, 설망적인 말을 했다.

○

그리하여 로렛타의 마지막 수행이 시작되었다.

"그럼, 지금부터 시작할 테니 모쪼록 자유롭게 진행해 주세요."

가벼운 어투였다.

알렉은 어디까지나 다음 수행 내용을 전달하러 왔는지, 방을 나설 분위기였다.

로렛타는 발길을 돌리는 그의 뒷모습을 향해 말했다.

"기다려 줘. 지금, 시험 삼아 일격을 넣어 보고 싶군."

알렉이 돌아보았다.

"저기, 기습하셔도 괜찮은데요."

"그 말은 알겠지만 난 무장도 하지 않은 상대의 등을 느닷없이 벨 수는 없다네."

"뭐, 기습해도 정정당당하게 대결해도 결과는 크게 다르지 않을 테니 쉬운 쪽으로 하셔도 됩니다."

"필요하다면 기습도 고민하겠지만…… 우선은 일격일세. 그대의 수행으로 내가 얼마나 강해졌는지, 여관에 온 날에 시험했던 기술을, 지금 다시 도전해 보고 싶네."

"그렇군요. 확실히 지금의 로렛타 씨가 그 기술을 선보인다면 가능성이 있을지도 모르겠네요. 그건 저도 회피할 생각이니까요."

"……회피도 하는 건가."

"아무래도 일부러 맞으면 레벨은 오르지 않는 것 같아서요. 나름대로 진심으로 회피와 방어를 하지요. 그래도 최대한 방심하려고 노력은 하는데요……."

로렛타는 '방심하려고 노력한다'는 그의 표현에 기이함을 느꼈다.

일부러도 안 되고 진심으로도 불가능하다.

평소에는 도무지 사고방식을 알 수 없는 그의 갈등이, 그 한마디에서 묻어 나오는 것 같았다.

로렛타는 깊은 한숨을 쉬었다.

그리고 허리에 찬 검 손잡이를 잡았다.

"그럼———."

"아, 잠시만요. 세이브를 해야죠."

"……그러고 보니 반격을 한다고도 했지."

"네. 일단은 공격을 받는 순간에 저도 임전 태세에 들어간다는 걸 알아주세요."

"좋아. 갑옷은 벗어 두지. 수행이 끝날 무렵에는 흔적도 남지 않게 될 것 같으니."

"죽는 데에는 저항감이 없어진 것 같네요. 좋은 경향이에요."

"모두 그대 덕분이지."

로렛타는 갑옷을 벗었다.

알렉은 오른손을 내밀고 세이브 포인트를 불러냈다.

어둑한 방 안.

두둥실 떠도는 구체── 세이브 포인트의 희미한 빛이 주변을 밝혔다.

"세이브합니다."

"세이브한다."

의식을 마치고 죽을 수 있는 상태가 되었다.

로렛타는 다시금 알렉과 거리를 벌리고 검의 손잡이에 오른손을 얹었다.

그는 움직이려 하지 않았다.

정말로 공격을 막을 때까지는 임전 태세에 들어가지 않을 생각인 듯했다.

그러나 로렛타는 그런 사실에 의지하지 않았다.

그는 방심하더라도 충분히 강하다.

단순히 일격을 넣는 것만으로도 단번에 50레벨이 오르는 수행을 오늘까지 하지 않았던 이유도 이해할 수 있었다.

당시의 자신으로는 아무리 노력을 해도 그에게 유효타를 먹일 가능성이 없었다.

로렛타는 그렇게 판단했다.

지금은 강해졌다. 방어력이 올라가고 지구력도 붙었다.

완력도 올랐고 던전 안에서 전투하며 각력도 제법 붙은 것 같았다.

그뿐만 아니라 전투라는 행동에 대해 이전보다 깊게 이해하게 되었다.

죽음을 각오한——아니, 죽음을 통한 노력의 성과다.

노력이 열매를 맺어 스승인 알렉에게 보답하기 위해서도——.

"이번엔 궤적을 밝히지 않겠어. ……지금의 내 전력을 보여 주
겠어."

검을 뽑아들었다.

일격은 신속.

궤적을 그리는 한 줄기의 빛이 검의 궤도를 드러내고 있었다.

목표는 목.

망설임 없는, 살의를 담은 검이었다.

그 일격은 알렉이라는 인물에 대한 신뢰를 드러내는 것이었다.

그리고 순간이라는 말로도 표현할 수 없을 그 신속한 필살의 검
을——

알렉은 몸을 가볍게 틀어서 피해냈다.

순간 로렛타는 형용할 수 없는 공포를 느꼈다.

반사적인 것도 아니었다.

본능적으로, 방의 구석까지 펄쩍 뛰었다.

그 단순한 동작에 숨이 차오르고 땀이 비 오듯 쏟아졌다.

……운동으로 인한 발열이 부른 땀은 아니었다.

공포가 부른, 식은땀이었다.

로렛타는 알렉을 바라보았다.

그는, 좀 전까지 로렛타의 얼굴이 있었던 위치에 오른쪽 주먹을

내지르고 있었다.

……그대로 서 있었다면 머리가 터져나가 로드되었을 것이다.

알렉은 놀란 얼굴을 하고 있었다.

"방금은 잘 피하셨네요."

"여성의 얼굴을 때리는 건 저항감이 있다고 하지 않았었나?"

"임전 태세이니까요. 상대의 성별이나 종족 같은 걸 신경 쓸 여유는 없죠."

"그렇군. ……진심이란 건 그런 거겠군."

"그렇지 않으면 훈련이 안 되니까요. ──자, 죽을 각오로 덤비세요. 저도 죽이겠다는 각오로 가겠습니다."

알렉의 말을 듣고── 로렛타의 얼굴에는 미소가 번졌다.

고양감이 담긴 미소는 아니었다. 물론, 재밌어서 웃은 것도 아니었다.

웃을 수밖에 없었다.

새삼 실감했다. ──말도 안 되는 여관에 발을 들였네.

○

사망 횟수, 37회.

알렉이 반격한 횟수, 38회.

처음의 한 번을 회피했던 건 아마도 기적이 아니었을까.

그 이후로 '검을 휘두르면 이쪽이 죽는' 상황이 이어졌고──.

최종 수행 첫날 밤이 깊어지고 있었다.

"저는 아침 준비를 해야 하니 로렛타 씨도 아침 식사를 하러 식당까지 와 주세요. 공격도 환영해요."

알렉은 그렇게 말하고 방을 나섰다.

로렛타에게는 그를 막을 기력도, 등을 향해 덤벼들 기력도 없었다.

육체의 피로는 없었다. 하지만 경험도 기억도 남는 '로드'라는 방법으로는 정신 대미지까지는 회복되지 않았다.

로렛타는 무릎을 꿇은 채 잠시 움직이지 못했다.

"……괴물 녀석. 어떻게 하면 일격을 먹일 수 있단 거지."

웃을 수밖에 없었다.

○

로렛타는 여러모로 고민했지만, 배가 고파져서 아침을 먹으러 가기로 했다.

1층 식당에는 다른 숙박객이 벌써 모여 있었다.

조리장과 좌석 사이를 노예 소녀들이 바쁘게 오가고 있었다.

수인족인 쌍둥이 소녀로, 여관 부부가 친딸처럼 귀여워하고 있었다.

노예는 재산이니 소중히 다루는 사람도 드물지는 않지만…….

얼핏 보는 로렛타의 눈으로도 신기할 만큼 아끼고 있는 듯했다.

조리장에는 알렉이 있었다.

오늘도 커다란 프라이팬으로 콩을 볶고 있었다.

로렛타는 카운터석에 앉아 물을 날라 온 노예 소녀 중 한 명에게 부탁했다.

"미안하지만 알렉 씨를 이쪽으로 불러다 주지 않겠나?"

"그럴게."

소녀가 선선히 고개를 끄덕이고 알렉을 불렀다.

알렉은 프라이팬을 불 위에 얹고 그녀에게 다가왔다.

"네, 로렛타 씨, 무슨 일이시죠? 아침 식사 주문이라면——."

"빈틈이다!"

로렛타는 검을 뽑아 들었다.

알렉은.

"빈틈은 없습니다."

검지와 중지 사이에 끼운 무언가로 검을 받아냈다.

로렛타가 아무리 힘을 써도 꿈쩍도 하지 않았다.

눈에 힘을 주고 말도 안 되는 물건으로 검을 받아냈다는 사실을 깨달았다.

"말도 안 돼……. 볶은 콩으로 내 검을 받아낸 건가?!"

보통은 부서질 것이다.

아니, 알렉이라면 콩을 검지와 중지 사이에 끼우는 것보다도 평범하게 검을 붙들어 막는 게 더 빠를 것 같기도 했지만…….

그는 평소와 같은 미소를 머금고 말했다.

"콩에 마력을 담으면 간단하죠. 흔하지 않나요? 체내 마력을 통해서 몸 전체의 능력을 끌어올리는 기술. 로렛타 씨의 비장의 한 수도 검이나 팔에 마력을 담고 있잖아요. 이건 그런 기술의 응용이죠."

"……단단한 무기나 내 몸이라면 몰라도 이렇게 무른 식재료에 마력을 담았는데 왜 무너지지 않는 건가."

마력을 담는다는 건 생각보다 어려운 일이었다.

단단한 물체나 '마력 전도율'이 높은 소재라면 손쉽지만…….

마력 전도율도 나쁘고 무른 물체에 마력을 담는 건 무척 어려운 일이었다.

마력을 가득 불어넣지 않으면 강도가 오르지 않고, 마력을 불어넣으면 터진다.

만약 로렛타가 볶은 콩을 검을 받아낼 수 있는 강도로 만들라는 임무를 받는다면 대체 몇 말의 콩을 파괴해야 가능할지, 아득할 정도였다.

알렉은 대단치 않다는 듯이 말했다.

"요령이 있지요. 아, 이것만큼은 경험이 중요해요. ……무기나 방어구를 녹이는 '왕산의 동굴'이라는 곳이 있었거든요. 현지에서 주웠던 특수한 돌로 싸워야만 했을 때 고안하게 된 기술이죠. 익숙해지면 간단해요."

"익숙해질 때까지 몇 번이나 죽었지?"

"쉰 번까지는 기억하는데요."

알렉이 웃었다.

로렛타는 한숨을 내쉬며 얌전히 검을 집어넣었다.

"느닷없이 미안했네……. 기습이라면 통할까 싶어서 일단 시험해 봤다만."

"로렛타 씨는 정말 기습과는 어울리지 않는 것 같네요. ……카운터를 뛰어넘어서 요리하는 중에 등을 베었다면 좋았을 텐데."

"아무리 그래도 거기까지는……."

"기물 파손 같은 건 개의치 마세요. 인질을 붙잡히거나 하면 저도 진심으로 대응할 수밖에 없겠지만……."

그의 시선은 좌석 사이를 오가며 바쁘게 주문을 받고 물을 나르는 노예 쌍둥이로 향했다.

역시 무척 아끼는 모양새였다.

노예는 재산이기는 하지만 어차피 재산에 지나지 않았다.

돈을 손에 넣기 위해서 같은 금액 이상의 돈을 지불하는 사람이 없는 것처럼, 노예를 되찾고자 자신의 돈을 거는 주인도 보기 드물었다.

따라서 노예를 인질로 삼아도 가치가 없다는 게 상식이었다.

그러나 알렉에게 그 노예 쌍둥이는 인질로서의 가치가 있음이 그 시선을 통해 전해졌다.

……그건 그렇고, 무의식중에 객석을 둘러보다 깨달았지만 이곳의 숙박객은 '불러낸 점주에게 별안간 칼을 들고 덤비는' 기행을 목격하고도 그 어떤 반응도 보이지 않았다.

'역시' 라고 해야 할지, 뭐라 해야 할지.

"……혹시나 해서 묻는 거다만, 이곳의 손님은 모두 일격을 먹이라는 그대의 수행을 클리어한 건가?"

"그렇지요. 모두 각각의 방법으로 공격하셨어요. 한번 상담해 보면 어떨까요?"

"흠."

로렛타는 손님들을 돌아보았다.

그곳에 있는 네 명의 손님들은 제각각 다른 개성이 엿보이는 여성들이었다.

……한 명, 이상할 정도로 어린아이가 있는 것도 같다만.

그녀들의 대화를 들으면 해결법으로 직접 연결되지는 않더라도 커다란 힌트가 되리라.

그러나.

"아니, 그만두겠어."

"어째서인가요?"

"아직 나는 나만이 할 수 있는 걸 다 시험해 보지 않은 것 같아. 다른 사람에게 도움을 구하는 건 내가 할 수 있는 모든 걸 시험해 본 뒤에 하고 싶어."

"성실한 분이시군요."

"……자주 듣는 소리지."

쓴웃음 같은 목소리였다.

성실하다는 평가는 로렛타에게 그리 좋지만은 않았다.

그녀는 화제를 바꾸었다.

"그러고 보니 안주인은 어디에 있지? 여전히 안쪽에서 요리를 하나?"

"아, 그리고 보니 로렛타 씨는 아직 아침을 못 받으셨지요."

"그것도 그렇지만……."

"아내는 지금 시장까지 장을 보러 나간 참입니다. 사실은 어제 다른 분에게 권했던 수행 과정에서 채소를 다 써버렸거든요."

"……그렇군. 나 말고도 동시에 다른 수행을 진행하고 있었군."

채소를 절단 낼 수행은 무엇일까 하는 의문이 들기는 했지만…….

분명, 한번 듣고 나면 채소를 먹을 수 없게 될 정도의 이야기이리라.

따라서 되묻지 않고 다른 방향으로 화제를 전환했다.

"그대는 휴식을 취할 시간이 부족한 게 아닌가?"

"그렇네요. 뭐, 신경 쓰지 마세요. 나름 체력은 있으니까요."

"하지만 수행이라는 건 보는 사람도 그럭저럭 신경을 소모할 텐데……."

"그렇지요."

"너무 무리하지 않는 게 좋아."

"……."

"알렉 씨?"

"로렛타 씨는 정말 성실한 분이시네요."

"뭐? 아, 그런 말은 종종 듣기는 해."

"로렛타 씨의 수행은 예정보다 더 오래 걸릴지도 몰라요. 반나절을 벌 수 있어서 다행이네요."

"하아."

"아침, 뭘로 드시겠어요?"

무슨 뜻인지 추궁하고 싶었지만 화제가 바뀌고 말았다.

더는 대화를 이어 가고 싶지 않은 것이리라.

더군다나 공복을 느끼고 있는 것도 사실이었다.

그렇기에 로렛타는 주문을 했다.

"콩이 아니라면 뭐든지 좋네."

그렇게 말하면 분명 오늘의 수행에 적당한 식사를 준비해 주리라.

단 며칠이었지만 로렛타는 알렉을 스승으로서 신용하고 있었다.

……그렇다면 아마도.

언뜻 보기에 불가능한 임무로만 보이는 '알렉에게 일격을 먹인다'는 수행도 가능한 것이리라.

로렛타는 알렉의 움직임을 섬세하게 관찰하며 어떻게 해야 좋을지 고민을 거듭했다.

○

그 후로 그녀는 틈이 날 때마다 알렉을 공격했다.

그러나——.

피하고, 흘려 넘기고, 튕기고. 빵이나 비스켓에 막히기도 했다.

틈이 없다는 의미는 아니었다. 분명히 그녀가 공격하기 직전까지는 빈틈이 많았다.

그러나 움직임이 빠르고 눈이 좋았다.

그래서인지 그녀가 공격할 의사를 드러내면 바로 대응했다.

그러기를 반복하는 동안에 저녁 식사 시간이 되었다.

로렛타는 아침 식사 때와 마찬가지로 카운터 좌석에 앉았다.

카운터 안에는 알렉이 없었다. 이 시간에는 목욕탕을 설치할 것이다.

대신에 알렉의 아내인 요미와 노예 소녀 둘이 있었다.

로렛타는 커다란 프라이팬으로 달걀프라이를 하는 요미에게 말을 건넸다.

"지금부터 무척 이상하게 들리는 질문을 좀 해도 될까?"

"좋아."

요미가 요리를 하면서 대답했다.

로렛타는 마음을 다잡고 물었다.

"알렉 씨의 약점을 알려 줬으면 해."

"아…… 하하하하……."

쓴웃음이었다.

아마 이런 질문은 지긋지긋할 정도로 받았으리라. 쉽게 상상이 갔다.

"……내가 오늘 아침부터 알렉 씨에게 몇 번이나 달려들고 있는 건 벌써 알고 있을 텐데."

"그 수행 말이지. 알고 있어. 처음엔 깜짝 놀랐지만 지금은 '아, 또 하는구나' 싶을 정도거든."

"공략법이 오리무중이라 어찌해야 좋을지 모르겠어."

"로렛타 씨는 솔직한 사람이니까. 좀 더 비열한 방법을 써도 괜찮아."

"……다른 용건이 있는 척을 하면서 불러보기도 하고 잠복도 해 봤다만."

"그런 게 아니라…… 손을 뗄 수 없을 법한 작업을 하는 중간에 등 뒤에서 베어 들거나 함정을 펴고 움직임을 막은 순간에 검을 들이대거나, 여러모로 있잖아?"

"그대는 자신의 남편이 그런 곤경에 처해도 괜찮은 건가?"

"어차피 효과도 없을 테니까."

"그래서야 의미가 없지 않나……."

"그래도 조만간 어떻게든 될 거야."

"낙관적이군……. 그렇겠지. 수행 기간이 일주일이라는 건 어디까지나 알렉이 결정한 기간에 지나지 않아. 나는 일주일 이내에 어떻게든 '화원'에 도전해야 하는 사정이 있는 것도 아니니까, 인내심을 갖고 도전해 볼까."

"아하하. 그 사람이 선언한 기간은 절대적이야."

"……글쎄. 난 딱히 처음 정했던 기간이 지난다 하더라도 불평을 늘어놓을 생각은 없어. 오히려 이렇게까지 짧은 기간에 충분하고도 남을 정도의 성과를 얻은 걸 감사하고 싶을 정도일세."

"응, 그러니까 책임 문제 같은 게 아니라. 그 사람이 일주일이라고 했으면 그건 일주일 동안 할 수 있다는 충분한 계산이 있었다는 의미야. 걱정하지 않아도 뭔가 기회가 올 거야."

"정말 미안하지만 그런 '이 녀석은 일주일 동안에 어떻게든 해 낼 게 분명해'라는 계산은, 아무리 그래도 얼토당토않지."

"근거는 있지 않을까? 난 모르겠지만."

"……그대는 그를 무척이나 신뢰하는 모양이네."

"으음. 그건 어떨까. 확실히 의심한 적은 없지만……."

"그러고 보니 알렉 씨는 그대를 주웠다고 했는데 고아였던 건가?"

"어떨까? 나는 친부모님의 얼굴도 몰라. 클랜이라는 게 있잖아?"

"있지."

클랜은 모험가 사회의 상조회 같은 역할을 했다.

기본적으로는 모험가들이 제멋대로 만든 집단을 말한다.

모험할 때는 파티를 짜는 게 일반적이지만…….

그 파티의 멤버를 돌발적으로 모으는 게 어려울 때가 많았다.

바로 그때 '클랜'이라는 단체에 소속됨으로써 안정적으로 파티를 구성할 수 있게 된다.

클랜의 장점은 바로 그런 면이었다.

신뢰할 수 있는 멤버와 언제나 파티를 짜게 됨으로써 안정된 전력으로 전투에 임할 수 있다.

가령 던전 안에서 조난하더라도 동료가 도우러 와 준다.

분위기 좋은 클랜이라면 함께 이야기를 나누는 것만으로도 즐겁다──는 모양이다.

로렛타는 솔로였기에 자세한 사정에는 어두웠다.

다만 단점도 있었다.

소속된 '클랜'에 따라서는 '회비'라는 명목으로 클랜의 마스터

에게 헌금하거나, 던전에서 취득한 아이템을 균등하게 분배해야
할 때도 있었다.

악질적인 클랜이라면 신출내기 모험가를 속여서 이용하고 내빼
거나 노예상에게 매매했다는 소문도 돌았다.

좋은 면도 있지만 제대로 정보 수집을 하지 않으면 모험이 아닌
다른 면으로 위험했다.

그것이 로렛타가 인식하는 '클랜' 이라는 단체였다.

요미는 부드러운, 어딘가 알렉을 닮은 미소를 머금고 말했다.

"그렇네. 섬광의…… 어, 음. 이쪽은 말하면 안 되던가. 철들 무
렵부터 '은 여우단' 이라는 클랜에서 있었거든."

"……은 여우."

이 여관의 이름은 '은 여우 여관' 이었다.

즉, 요미가 소속되었던 클랜과 모종의 관계가 있으리라.

그러나 어딘가 부자연스러운 부분이 있었다.

로렛타가 물었다.

"철들 무렵부터 있었다는 건, 무슨 의미지?"

"말 그대로의 의미야. 주변 상황을 이해할 무렵엔 벌써 거기에
있었어. 부모님은…… 그 클랜의 창설자와 클랜의 멤버였던 여성
중 누군가였다는 것 같아."

"……그건, 그, 뭐라 말해야 좋을지."

"그렇구나. 평범한 사람은 불편한 이야기겠네. 미안해, 알렉이
랑 이야기할 때에는 신경 쓰지 않았으니까."

"그렇겠지."

"그래서, 클랜이 무너져서, 살아남은 알렉과 함께 모험가가 된 거야."

"잠깐, 잠깐, 잠깐. 중요한 부분에서 설명이 빠진 것 같다만?"

"그래?"

"그대의 말을 듣고는 '클랜에 있었다' 와 '클랜이 무너졌다' 는 부분밖에 이해할 수가 없네."

"하지만 내 기억에는 대체로 그런 느낌이었는걸. 자세한 사정은 잘 모르겠지만 정신을 차렸을 때는 클랜이 대부분 무너져 있었어. 아마도 어려운 던전에 도전했던 걸 거야."

"알렉 씨하고는 어떻게 만난 거지?"

"그 사람은 말이지. 파멸 직전의 클랜에 들어왔거든."

"그럼 그가 있는데도 클랜은 파멸했다는 건가? 그가 있었다면 던전 정도로 파멸할 만큼 클랜 멤버가 줄어드는 사태는 일어나지 않았을 것 같은데."

"세이브 말이야? 그건 말이지, 다들 겁을 먹어서 좀처럼 해 주지 않았다는 모양이야. 이해하기 힘들고 수상한 의식이잖아."

"⋯⋯확실히 그렇다만."

막상 효과를 실감하고 나면 수행이 끝난 뒤에도 모험 전에는 반드시 세이브를 하고 싶을 정도다만.

확실히 아무것도 모르는 사람에게는 수상한 의식이었다.

이러면 죽지 않는다고 설명한다면, 묘한 주술이라도 거나 의심하게 되리라.

그래도 로렛타는 생각했다.

"그렇게 강했다면 클랜 멤버를 지킬 수 있었을 텐데."

"그것도 말이야. 알렉은 처음부터 강했던 게 아니었어. 그 사람도 여러 번 죽으면서 강해졌거든."

"그러고 보니…… 10년 동안 계속 죽었다는 이야기를 들은 것 같기도 하군……. 그래도 약한 그 사람의 모습은 상상이 안 가네만."

"하지만 예전에는 내가 더 강했을 정도였어. 당시 열 살 정도인 내가 말이야."

"지금은?"

"비슷한 정도……. 그렇지도 않으려나. 난 적성이 치우쳐져 있으니까. 그 사람은 어느 분야에든 적성이 있단 말이지. 비슷하게 죽어도 똑같이 강해지는 건 아닌 거야."

"그렇군. 그나저나……."

로렛타의 얼굴이 흐려졌다.

요미가 요리를 마치고 다가왔다.

"왜 그래?"

"이야기를 듣다 보니 절망에 빠지게 되는군. 재능에 기대어 강해진 거라면 자만심이나 예상을 뛰어넘는 사태를 맞이했을 때 허를 찌를 수도 있겠지. 하지만 죽음을 딛고 그 과정을 반복하며 견실하게 쌓아 올려 강한 거라면 빈틈을 찾을 수가 없어."

"아……."

"어떻게 해야 알렉 씨에게 일격을 넣을 수 있을까."

"그 사람이 힌트를 준 건 없었어? 거짓말은 서투니까 자기도 모르게 툭 하고 고백하거나 부자연스럽게 입을 다물거나 할 때가 있을 텐데……."

"힌트 같은 게 있었나……? 아니, 애초에 정답이라는 게 있나?"

"정답이 없는 문제는 내지 않을 텐데. 뭔가 신경이 쓰이는 점은 없었어? 없다면 조금 더 알렉하고 대화해 보면 어떨까."

대화를 한다.

그렇군. 로렛타는 생각했다.

'알렉에게 일격을 먹인다'는 과정을 마친 숙박객에게 묻는 건 비열하다고 생각했지만…….

가상의 적인 알렉 본인과의 대화로 공략의 실마리를 찾을 수 있다면 비열하지 않은 것 같았다.

……결국 다른 사람에게 묻는 건 마찬가지 아니냐고 말할지도 모르지만.

로렛타에게는 긍지를 지키면서도, 공략의 실마리를 붙들 좋은 절충안처럼 여겨졌다.

"하지만 거짓말을 못 한다는 점에선 나도 뒤지지 않네. 어떻게 답을 끌어내야 좋을지."

"……알렉이랑 비슷한 수준으로 거짓말에 서툴다면 엄청나게 속았을 것 같네."

"으, 음…… 뭐, 속긴, 속았을지도…… 숙부라거나……."

"그래?"

"가주가 되는 문제로 여러모로."

"귀족 같은 소리를 하네."

"……알렉 씨한테서는 아무것도 못 들었나?"

그에게는 이전에 귀족 출신이라는 사실을 털어놓았었다.

그렇다면 아내에게는 전달했으리라 생각했지만…….

"아니. 들은 적 없어. 그 사람 입은 무거우니까."

"그렇군……."

"신용 장사잖아. 손님의 개인 정보를 떠들어 댈 정도면 여관 경영은 못 할 거야."

"맞는 말이군. 아니, 그런 사정도 모르고 얕보고 있었던 것 같네. 미안하군."

"나한테 사과해도……. 마침 잘됐네. 본인한테 말해 보는 건 어때?"

"그렇군. 목욕 준비가 끝나면 말하도록 하지."

"벌써 끝난 것 같은데."

요미가 손짓을 했다.

그 너머에는——.

"이제 막 돌아왔습니다. 목욕탕, 쓸 수 있어요."

부드러운 미소를 띤 알렉이 소리도 없이 서 있었다.

○

숨이 넘어갈 정도로 깜짝 놀랐다.

"그대들 부부는 왜 일상생활에서도 기적을 숨기는 거지?!"

로렛타는 의자에서 홱 물러선 채로 말했다.

부부는 서로의 얼굴을 마주 보며 웃었다.

그리고 남편이 대표로 질문에 답했다.

"버릇이죠."

"대체 어떤 일상을 보내면 그러한 버릇이 붙는단 말이야."

"손님께서 종업원을 의식하지 않고 느긋하게 쉴 수 있도록 하는 배려이지요."

"역효과라고 봐."

로렛타는 한숨을 쉬면서 자세를 고쳤다.

요미가 조리장으로 돌아가고──.

알렉이 대신 그녀의 곁으로 다가왔다.

"……."

"아, 알렉 씨, 뭔가 할 말이라도?"

"……."

"저기?"

"……아, 네. 죄송해요. 잠시 멍하니 있다 보니."

"그대가? 내 공격을 유도하는 악랄한 함정이 아니라, 정말로?"

"뭐, 네……. 뭐라 해야 할지, 저는 함정을 펴고 공격을 기다린 적은 지금까지 단 한 번도 없었는데요."

"그건 무슨 의미인지……."

방금은 무척 큰 기회였던 게 아닐까. 로렛타는 후회했다.

알렉이 멍하니 있는 일은 지금껏 상상조차 해본 적이 없었기에 놓치고 말았다.

그보다는.

"……알렉 씨, 그대는 지금 피곤한 게 아닌가?"

"음, 네. 그럭저럭."

"그렇다면 쉬는 게 좋아. 그대에게 수행을 부탁한 처지를 생각하면 건방진 말이지만, 그래도 피곤할 때 무리하는 건 기쁘지 않네. 그대가 만전의 상태가 아니면 나도 전력을 다해서 수행에 임할 수 없으니까. 모쪼록 오늘은 수행을 잠시 쉬도록 해."

"……."

"알렉 씨?"

"아니요, 로렛타 씨의 성실함에 절로 고개가 숙여질 뿐입니다."

"난데없이 무슨 소리인가."

"어, 음. 잠시 이야기를 좀 할까요."

그가 무척 곤란한 얼굴로 말을 꺼냈다.

로렛타에게는 바라 마지않았던 제안이었다.

당연히, 승낙했다.

"좋아. 나도 그대에게 묻고 싶은 게 있던 참이지."

"뭔가요?"

"아니, 그쪽의 이야기를 먼저 해 주게."

"저는 나중에 해도 괜찮아요."

"그런가……. 실은 그대에게 그대를 꺾을 방도를 묻고 싶었어."

부엌에서 요미가 나동그라졌다.

로렛타는 한순간 소리에 놀라 고개를 돌렸지만…….

다친 곳은 없어 보였기에 다시 알렉을 바라보았다.

"세련된 질문은 아닐지 모르지만 난 거래에는 재능이 없거든. 그대와의 대화를 통해서 약점을 알아내 보려고 하네."

"거래에 재능이 없는데 대화로 약점을 끌어내려고 시도하는 건 적절하지 않은 것 같은데요."

"그건 나도 알지만 시험해 볼 공격은 모두 해 봤어. 이제 전략을 바꿀 수밖에 없지."

"……뭐, 로렛타 씨는 그런 사람인 거겠죠."

"그건 무슨 뜻이지?"

"아니요, 좀 더 비열한 방법을 들고나와도 전혀 상관없는데 로렛타 씨의 공격 수단은 하나같이 정직했으니까요. 어쩌면 이 사람은 비열한 공격을 할 수 없는 병에 걸렸을지도 모른다고 염려하던 차였습니다."

"비열한 공격이라면 했다만……. 전혀 상관없는 일로 부른 척을 하고 그대에게 공격을 시도했던 적이 있잖아?"

"갑자기 의미를 알 수 없는 용건으로 불러낸다면 어린아이라도 경계하겠지요."

"뭐라고……. 그럼, 그대는 내 간계에 속아서 순진하게 방심해 내 앞에 나타났던 게 아니었나?"

"뭐, 순진하게 방심해서 앞에 나타나려는 노력은 했지만요. 그런 데에도 한계가 있지요. 로렛타 씨가 너무나도 정직한 탓에 '아, 곧 공격하겠구나' 하는 예상을 떨치려야 떨칠 수가 없었거든요. 노력이 모자란 부분은 면목이 없네요."

"아, 사과하지는 말아 주게……. 내가 바보 같이 느껴지는군."

"정말 죄송하지만 한 말씀만 드리자면, 일상생활에서 사기를 당하지는 않을까 염려될 레벨로 바보처럼 정직하신데요."

"……그렇군. 아니, 그대의 말이 맞아. 나도 바보처럼 솔직하다는 점은 동감이네."

로렛타가 고개를 숙였다.

알렉은 의아함을 느꼈다.

"사기당한 경험이 있나요?"

"음…… 뭐라 해야 할지. 그대가 입이 무겁다는 부분을 믿고 털어놓자면 난 숙부에게 속아서 재산 대부분과 가주가 될 권리를 넘겨주고 말았지."

"귀족 집안의 사정인가요?"

"그렇군. 어머니는 모험가와 결혼한 별난 사람이었다만…… 직업 탓에 아버지는 이른 나이에 돌아가시고 말았지. 그래도 어머니는 열심히 살아왔지만 한 달 정도 전에 암살을 당하셨어."

"암살?"

"그럭저럭 큰 집안이니 말이지. 경호도 붙어 있었지만……. 굉장한 실력을 가진 암살자에게 당했다는 모양이야. 뭐라던가, '잿빛'이라 했었나……."

"……."

"알렉 씨? 피곤한가?"

"아니요, 계속하세요."

"그, 그래? ……그래서 내가 돌아가신 어머니의 상속인이 되었지만…… 아, 느닷없이 미안하지만 난 몇 살 정도로 보이지?"

"음…… 열여덟 살, 언저리 정도일까요?"

"역시 그렇군……. 아니, 그게, 사실은 말이지. 열네 살일세."

"……."

"알렉 씨?"

"아차! 지금 공격을 받았다면 절대로 못 피했을 거예요!"

"뭐라고?! 그런 건 좀 더 빨리 말해 주게!"

"으음, 죄송해요. 열여덟 살이라는 것도 낮춰서 했던 말이어서. 사실은 스물 정도인 줄."

"……어떻게 그럴 수가. 난 실제 연령을 밝히는 것만으로도 그대의 빈틈을 만들 수 있었단 말인가……."

진심으로 원통했다. 미리 알았더라면 마지막 수행은 지금 이 순간에 끝이 났을 텐데.

알렉이 쓴웃음을 머금고 말했다.

"로렛타 씨, 계속하세요."

"……음. 그토록 나이를 착각하는 경우가 많지만 나는 아직 성인이 되기까지 1년이 남았지. 그런 이유로 숙부 부부가 내가 성인이 될 때까지 대리로서 집안을 보살펴 주겠노라 말했던 거다."

"나이를 착각하는 건 고풍스러운 말투 때문이 아닐까요."

"그 화제는 이제 됐네."

"참고로 제 아내는 실제 연령보다 어리게들 보는데요."

"아내 자랑은 넣어 두면 고맙겠어. 난 지금 중요한 이야기를 하고 있다만."

"아, 죄송합니다."

"……그렇게 되어서 정신을 차리고 나니 숙부가 실권을 모두 쥐고 나를 집안에서 내쫓고 말았지."

"중간에 있는 중요한 부분이 쏙 빠진 것 같은 느낌이 드는데요. 제 아내 같은 화법을 구사하는 건 문제가 있지 않을까요."

"아니, 정말로, 정신을 차리고 나니 내쫓기고 말았다는 느낌이었단 말일세. 아무래도 숙부가 사전에 가문의 계승권을 장악할 준비를 진행했는지 순식간이었다네."

"그런 인상이 진실이라면 로렛타 씨의 어머님 암살을 의뢰한 건 숙부인가요."

"나 역시 그렇게 생각하고 있네만 추궁하고 싶어도 저택에 들어갈 수조차 없네. 그래서 숙부가 '화원'을 조사하던 중에 떨어트린 가주를 증명하는 반지를 찾고 있지. 가주라면 마땅히 저택에 들어갈 수 있으니 그 후에 다시 추궁해 보려는 생각으로 '화원'을 목표로 하게 되었어."

"그렇군요."

"털어놓고 나니 마음이 후련하군. 나는 비밀을 품는 게 서툴거든. 이런 이야기는 귀족의 집안 사정, 말하자면 추문이니 다른 사람에게 가볍게 털어놓을 수도 없어 답답해하고 있었네. 내 긴 이야기를 듣게 해서 미안하군."

"아니요. 제가 힘이 되었다면 좋겠네요."

"그럼 미안한 김에 하나 더 묻고 싶은데, 방금 이야기를 듣고 역시 암살자를 고용한 건 숙부라고 생각하는가."

"……지금의 사연만으로 무엇이 진실이라고 말하기엔 무리가 있지 않을까요."

"그것도 맞는 말이군. …… 아니, 숙부의 인품을 생각하면 틀림

없지 않을까 싶다만…… 만약 아니라면 나는 잘못된 복수심으로 숙부를 추궁하는 꼴이 되는 거네."

"사기나 다름없는 과정으로 가주 자리를 빼앗겼으니 비난의 표적이 될 만하다 싶은데요."

"결백한 상대를 죄인처럼 추궁하는 건 옳지 않아."

"거, 더럽게 성실하네요."

"상스러운 표현은 삼가게나. 이건 귀족의 삶의 방식, 말하자면 귀족도라고 할 수 있지."

"무사도 같은 느낌이군요……."

"또 영문을 알 수 없는 소리를 하는군."

"이 세상에 무사는 없으니 말이죠……."

그가 쓴웃음을 지었다.

로렛타는 이해하지 못해도 상관없는 일이라 판단했다.

"그래서 말인데. ……숙부가 고용한 암살자로 보이는 '잿빛'을 붙잡을 수 있다면 해결될 일이다만……. 나는 그런 방면으로는 조사할 방도가 없단 말이지."

"……."

"알렉 씨, 왜 그러지?"

"……네, 네."

"알렉 씨?"

"네. 아니, 그, 죄송해요. 다시 한번 말씀해 주시겠어요?"

"……역시 피곤한 게 아닌가? 오늘 일이 끝나면 잠을 좀 자는 게 좋겠어. 내 수행은 다른 날에 해도 되는 일이니. 난 그대가 잠든 동안 기습을 하지 않겠다고 맹세하지."

"⋯⋯그렇게 하죠."

"믿어 주는 건가?"

"⋯⋯아니, 로렛타 씨의 수행은 일주일을 꽉 채워서 끝날 예정이었습니다만."

"갑자기 무슨 말이지?"

"죄송해요, 제가 잘못 봤네요. ──이제 한계입니다."

그렇게 말하더니,

알렉은 콰당 하는 소리를 내며 의자와 함께 나동그라졌다.

제법 요란한 소리와 함께 땅이 흔들렸다.

로렛타는 화들짝 놀라 알렉의 곁에 몸을 웅크리고 앉았다.

"알렉 씨?! 느닷없이 무슨 일이지?! 난 아무 짓도 안 했네만!"

설마 그 알렉이 쓰러질 줄은 꿈에도 몰랐다.

어울리지 않게 동요하면서 로렛타는 필사적으로 알렉의 이름을 불렀다.

그러나 대답은 없었다.

조금도, 없었다.

○

"로렛타 씨의 수행을 시작하고부터 한숨도 잠든 적이 없었으니까요."

요미의 말에 따르면, 별안간 알렉이 쓰러진 이유는 그 때문이라고 한다.

이곳은 알렉과 요미, 그리고 두 명의 노예 소녀가 잠을 자는 방이
었다.

1층 뜰로 나가는 문 바로 옆에 있는 객실보다 조금 더 넓은 정도
의 공간이었다.

로렛타의 눈에는 네 명이 잠을 자기에는 좁아 보였다.

침대는 그 '스프링 베드'라고 하는 물건인 듯했지만, 별다른 가
구가 없어서 살풍경한 인상을 떨칠 수 없었다. 직설적으로 말하자
면 허름한 방이었다.

알렉은 커다란 침대 위에 잠들어 있었다.

뒤통수부터 요란하게 쓰러진 것 같았지만 튼튼함만큼은 역시 남
달랐다.

다치지 않아서 다행이었다.

그러나——수행을 시작하고 7일 동안 한숨도 자지 않았다니.

로렛타가 첫날 목욕탕을 이용하는 동안에도, 사흘 밤낮을 싸우
는 동안에도.

······하루를 꼬박 잠들었던 동안에도.

그는 내내 깨어 있었다.

"······내가 그를 무리하게 했다니."

로렛타는 알렉의 잠든 얼굴을 바라보면서 말했다.

여관 업무를 해야 하는 알렉이 수행까지 맡게 되었으니 잠을 잘
틈이 없었으리라.

하물며 동시에 두 명의 수행을 진행하기도 했다고 한다. 눈코 뜰 새 없이 바쁜 일주일이었을 터.

로렛타는 요미에게 사과했다.

"면목이 없다. 나로 인해 그대의 부군이 무리하게 되어…….."

"아니, 로렛타 씨 때문이라는 게 틀린 말은 아니지만……. 사과할 필요는 없어."

"그래도…….."

"잠을 자야겠다 싶으면 몇 초만 자도 바로 쌩쌩해지는 사람이고."

"……사람이 아닌 다른 생물의 이야기를 듣고 있는 듯하다만."

"단련을 거듭하면 누구라도 할 수 있는 일이야."

"그대의 남편 같은 말은 그만두었으면 좋겠군. 노력으로 뭐든지 할 수 있다고 생각하는 건 크나큰 착각이다."

"하지만 나도 할 수 있고……. 음, 일주일 정도라면 잠깐잠깐 몇 초씩만 자도 무리 없이 활동할 수 있다는 건 정말이라구. 일 년쯤 되면 무리겠지만."

"난 일주일도 힘들 것 같군."

"어쨌든 말이지. 잠들지 않았던 건 알렉 본인이 바란 거니까."

"……그게 무슨 의미지?"

로렛타가 되물었다.

그러자 요미는 잠시 망설이다가 미소를 띤 채 입술을 뗐다.

"조금 전 알렉도 '잘못 봤다'고 선언했잖아. 말하자면 수행을 마무리하려고 잠든 틈에 로렛타 씨가 공격하도록 유도했던 거야."

"그, 그게 무슨?!"

"이상한 의미가 아니라고. 수면 부족의 한계에 도달해서 비틀댈 정도면 제아무리 알렉이라도 일격을 얻어맞을 수밖에 없을 테니까 그때를 노렸으면 했던 거겠지. 그래서 마지막 수행에 대비해 처음부터 내내 잠들지 않았던 거야."

"……처음부터 거기까지 계산했다는 건가."

"우리 남편은 생각 없어 보이지만 제법 많은 걸 고민하고 있다고? 과정을 말해 주지 않으니까 오해를 사기 쉽기는 하지만……."

"닮은 구석이 많은 부부로군."

"알렉이 날 키워 줬으니까."

요미가 자랑스럽게 말했다.

로렛타도 웃었다.

"……하지만 나는 그의 계획에 어울려 줄 수 없을 것 같군."

"지금은 공격을 당해도 일어나지 않을 것 같은데."

"맞는 말이지만……. 조금 전 맹세하고 말았지. 잠든 동안에는 공격하지 않겠노라고."

"그래서 알렉도 '잘못 봤다' 고 말했던 건가 봐."

"……면목이 없군."

"로렛타 씨는 참 요령이 없구나."

"……이런 내 방식은 결코 현명하다 말할 수 없겠지."

"그렇겠어."

"하지만 현명하지 않더라도 누구에게도 부끄러움 없는 삶을 살고 싶은 걸세."

"……."

"누군가를 속여서 부를 취하거나 하고 싶지는 않네. 비열한 행동으로 이익을 얻고 싶지는 않아. ……어린애 같을지도 모르지만 어머니와 집을 잃고도 여전히 그렇게 생각하고 있지. 그렇기에 더더욱 숙부에게도 올바른 방법으로 대면하고 올바른 방법으로 그를 벌하고 싶다고, 그렇게 생각하고 있지."

"무슨 이야기인지, 난 잘 모르겠는데."

"그렇겠군."

"알렉이 직접 결정했던 예정을 포기할 정도로 높게 평가하는 이유는 알 것 같아."

"……난 높게 평가받은 건가?"

"저 사람은 완고하니까. 아무리 잔소리를 해도 콩 수행은 포기할 줄을 모르고. 내 잔소리는 별로 소용이 없으니까."

"그러고 보니 그렇군."

"아마도 로렛타 씨의 수행도 일주일 이내에 끝낼 방법이 있었을 거야."

"……그럴까."

"하지만 그건 로렛타 씨의 신념에 반할 거라는 생각에 시행하지 않았겠지. ……존중받고 있다고 생각해."

"……그런, 걸까."

기뻤다.

너무나도 요령이 없는 자신에게 실망한 줄로만 알았다.

지금의 상황을 보면 자신이 현명하지 못하다는 건 뼈저리게 알 수 있다.

모든 걸 빼앗겼다.

그럼에도 귀족으로서의 긍지만은 남아 있다.

그렇기에 지켜내고 싶었다.

정정당당하라.

비열한 행동은 하지 말라.

약자를 지키기 위해 강해져라.

그것이 귀족으로 태어난 사람의 의무(노블리스 오블리주)였다.

분명 현실과는 동떨어져 있겠지만――.

그래도 로렛타가 목표로 세운 삶의 방식이었다.

"수행은 어떻게 되는 거야?"

요미가 물었다.

로렛타는 고개를 끄덕였다.

"가능하다면 계속하고 싶은 마음일세. 난 '화원'에 도전해야 해. 그러자면 빠르면 빠를수록 좋겠지."

"평범하게 하면 몇 년이나 걸린댔지?"

"그런 모양이더군. 이곳보다 빠르게 단련할 수 있는 수행 장소는 없고, 알렉만큼 제자를 키워줄 수 있는 스승은 없겠지."

"여긴 수련장이 아니라 여관인데……."

쓴웃음이 번졌다.

로렛타도 쓴웃음을 머금었다.

"여관으로도 물론 높게 사고 있어. 그보다 건물 외관에 속긴 했지만 이곳은 아마도 왕도에서도 최상의 대접을 받을 수 있는 여관이 아닐까? 특히 목욕탕이 멋져. 그렇게 넓은 욕조에 매일 들어갈 수 있는 건 왕족에게도 흔치 않은 사치겠지."

"그건 알렉의 고집이야. 그 부분을 칭찬해 주면 남편도 기뻐할 거야."

요미가 웃었다.

그녀의 미소에──.

"내가 죽었다는 듯한 분위기는 그만둬 주지 않겠습니까?"

잠에서 깨어난 알렉이 말했다.

로렛타는 깜짝 놀랐다.

"이제 괜찮은 건가?"

"네. 푹 잤으니까요."

"……몇 초만 있으면 건강을 되찾는 그대의 입장에서 본다면 푹 잤다고 할 수 있겠군."

몇 분밖에 지나지 않았다.

정말 인간인가 싶어 신기할 정도였다.

알렉이 몸을 일으켜 로렛타를 마주 보고 다가왔다.

"약속했던 기간을 넘겼으니 죄송할 따름입니다."

"그대는 최선을 다했어. 내가 기대에 응답하지 못했던 거지. 정말 면목이 없네."

"로렛타 씨의 성격을 미처 파악하지 못했던 게 패인이지요. 그래서 어쩔 수 없지만── 다소 강제적인 방법을 취해 보죠."

"단애 절벽에서 뛰어내리거나 콩을 먹다 질식사하거나 사흘 밤낮을 던전에서 쉼 없이 싸우거나……. 지금까지도 충분히 강제적인 수단을 취했다는 생각을 좀처럼 떨칠 수기 없는 심정이로군."

"지금까지는 스마트했지요. 제가 약간 강제적이라고 생각하는 부분은 다음 수행이에요."

"싫어. 이제 됐어. 살려 줘."

"방금 그건 나이에 맞게 앳되게 들리네요. 평소부터 그렇게 말했더라면 나이 들어 보이지는 않을 겁니다."

"아니야. 귀담아들을 부분은 말투가 아니지. '살려 줘'라는 말쪽일 텐데."

"하하하. 그럼 내일 할 일 말인데요."

알렉이 부드럽게 미소 지었다.

로렛타는 간절한 얼굴로 요미를 바라보았다.

그러나 없었다.

"어이! 바로 좀 전까지 여기에 있던 그대의 안주인이 느닷없이 행방불명이네만!?"

"제가 눈을 떴으니 일을 하러 갔겠죠."

"움직이는 기척이 없지 않았나!"

"최상의 접대를 위해서, 종업원은 하나같이 평소부터 기척을 지우고 있어요."

"그건 역효과라고 말했을 텐데! 이젠 싫어! 살려 줘! 누가 나 좀 구해 줘! 분명 말도 안 되게 괴로운 수행을 강요당할 거야! 이제 마음에 상처를 입는 건 싫어!"

로렛타는 도망치려 했다.

그러나 등 뒤에서 목덜미를 붙들리고 말았다.

그녀의 뒤에서 부드럽고 포용력이 담긴, 지긋지긋한 음성이 들려왔다.

"괜찮다니까요. 다음 수행은 던전에 도전할 뿐이니까요."

"거짓말! 이번엔 닷새 동안 몬스터를 전멸시켜라, 같은 소리를 늘어놓을 게 뻔하잖나!"

"일단 방향성은 대강 맞습니다."

"싫어어. 이젠 다 싫다구. 맨손에 치덕, 주먹에 치덕치덕 한다니까!"

"다음 수행은 무기를 들어도 돼요."

"무슨 꿍꿍이야!"

"꿍꿍이는 없습니다. 평범하게 던전 제패를 부탁하려고요."

"그, 그래?"

아주 약간 마음이 놓였다.

던전 제패는 한 줌의 모험가만이 이룰 수 있는 위업—— 같은 말을 했던 시기도 분명 있었다.

그러나 지금의 로렛타는 던전 제패가 막연히 아득한 일처럼 보이지는 않았다.

다양한 수행과 비교해 보면 마을에서 장을 보는 것처럼 편하게 보이기도 했다.

알렉은 평소처럼, 선뜻 말했다.

"제가 부탁드리고 싶은 건── '화원'의 제패입니다."

로렛타에게는 목표였던 그것을.

"조금은 험난해 보이는 방법이지만 세이브&로드를 반복해 죽어 가면서 공략을 하게 되겠죠. 고전 명작 핵&슬래시라고 생각하면 죽는 것도 즐거울지도 몰라요."

알렉은 간단한 통과 의례라는 듯 미소를 머금고 말했다.

"사실 목표로 삼은 던전을 죽음을 반복해 가며 공략시키고 싶지 않았지만 말이죠. 고전 명작이라고 말하긴 했어도, 낡은 방식이라는 건 사실이에요. 지금은 도전하는 던전보다 효율이 좋은 사냥터에서 충분히 레벨을 올린 다음 목표 던전에서 죽지 않고 한 번에 클리어하는 게 주류라고 저도 생각하고 있으니까요."

그는 어깨를 으쓱였다.

그래도 이 방법을 고른 이유를 털어놓았다.

"다만 '화원'에서 죽을 가능성을 아예 없는 걸로 만들 수 있다고 보증할 수는 없지요. 제가 실제로 도전해서 던전의 레벨을 측정한 것도 아니니까요. 도전하면서 제패하는 게 모험가 시절 후기의 제 고집이기도 했고."

그가 하는 말은 한마디, 한마디가 터무니없었다.

그러나 알렉이라면 진실로 그러했으리라고 로렛타는 생각했다.

"내일 일어나면 '화원'으로 가지요. 그러니 충분히 휴식을 취해 주세요. 제패 의뢰 수속 등은 지금부터 제가 대신하도록 하지요. 길드장과 상의하고 싶은 부분도 있고."

"……아니, 그건 무리겠지. 통상적으로 길드 의뢰를 받을 때는 수락하는 멤버 전원이 한자리에 모여야 한다는 게 조건이야. '대리로 수락했다'는 변명으로 다른 사람에게 터무니없는 난이도의 던전 공략을 강요하는 등의 행위가 벌어지는 걸 막아야 하니까."

의뢰에 따라 계약금이나 위약금이 발생할 때도 있었다.

모험가가 지나친 손해를 떠안게 되는 일을 막기 위해서 당연한 조치였다.

그러나 알렉은 말했다.

"길드장과는 안면이 있고 저희 여관 사정도 잘 알고 있으니까요. '신출내기 모험가에게 최고의 서포트를'. 이것 역시 저희 여관의 방침 중 하나이지요."

"금시초문이군. ……하지만 지금까지 누린 걸 생각한다면 그러한 방침이 있더라도 신기하지는 않아."

"그러니 내일은 눈을 뜨면 곧장 '화원'으로 가시지요."

──그러한, 극진한 지원에 힘입어.

느닷없이.

로렛타는 목표였던 던전에 도전하게 된 것이다.

○

그리고 다음 날 아침, 로렛타는 정말로 '화원' 앞에 서게 되었다.

왕도 서쪽.

광대한 초원이 펼쳐진 그곳에, 유달리 큰 꽃이 한 송이 있었다.

꽃이 아니라 나무라 부르고 싶어질 정도로 두꺼운 줄기.

하늘을 찌를 듯 높은 곳에 피어난 꽃.

잎 한 장에 사람 백 명이 탈 수 있을 정도로 크다고 한다.

그런 꽃 주변에는 여왕을 모시는 시녀처럼 아름다운 꽃이 모여 자라고 있었다.

보는 이의 시선을 빼앗는 모습이었다.

그러나—— 매혹되는 순간 목숨을 잃을 수도 있다는 사실을 모험가들은 잘 알고 있었다.

주변에는 사람이 별로 없었다.

발견된 직후의 던전은, 설령 안에 들어가지는 않더라도 상황을 살피려는 사람들로 북적거리는 게 일반적이었다.

그러나 한 달 전 발견된 이후 이 던전에서는 지나치다 싶을 정도로 많은 사람이 죽었다.

그런 탓에 '단 한 번이라도 던전을 제패했던 모험가의 도전'을 권하고 있었다.

그리고 그런 던전 제패자의 숫자는 많지 않다.

결과적으로—— 도전하는 이는 아무도 없게 되었다.

그것이 '화원'이라고 불리는 아름다운 던전의 현재였다.

그런 던전의 입구에 로렛타 외에 알렉과 노예 쌍둥이 중 한 명이 있었다.

로렛타는 감격에 젖어 '화원'의 꽃잎을 올려보았다.

"……한 달 전, 숙부가 이곳에서 가장의 증거인 반지를 떨어트렸다네. 그 무렵이 내 인생에서 가장 격동기라 해도 틀림이 없겠지. 어머니가 돌아가시고, 사기나 다름없는 방식으로 가주 자리를 빼앗기기도 했으니……. 지금 생각해 보면 숙부가 이곳에서 반지를 잃어버린 건 신의 인도였을지도 모르겠네. 언젠가 내가 가주 자리를 쟁취할 수 있도록, 어떤 의지가 개입되어 있는 게 아닐까 싶기까지 하군."

많은 일이 있었다.

그리고 지금 그녀는 모든 일의 종착점에 서 있었다.

로렛타는 다양한 감정을 담고 스승이라 할 수 있는 알렉을 돌아보았다.

그는 미소를 머금은 채로 말했다.

"세이브 포인트를 불러낼게요."

알렉은 평소 그대로였다.

별다른 감상도 없는 듯했다.

"그건 고맙지만, 그 외에 뭐 다른 건 없나?!"

"아, 죄송해요. 일단 여기까지 오면 제가 할 수 있는 건 세이브 포인트를 불러내는 것밖에 없는데요."

"……그럴지도 모르지만. 그래도 일단은 그대가 키운 제자가 목표에 도전하는 참이네. 좀 더 격려 같은 걸 해주는 게 옳지 않겠나."

"딱히 이걸로 끝나는 것도 아닌데요."

"……개인적으로는 끝낼 참이다만."

"에이, 아니죠. 로렛타 씨의 목적은 가주 자리를 되찾는 거잖아요. '화원'의 제패는 그걸 위한 준비에 지나지 않아요."

"……."

"신출내기 모험가가 처음으로 목표를 달성할 때까지 저는 정성 껏 지원할 참입니다. 모험가 육성도 저희 여관 업무의 하나라고 생각하니까요."

"……그, 그랬지."

"뭐, 어디까지나 육성이니 함께 던전에 도전하거나 하지는 않지 만요."

"그건 알고 있어. 그대에게 부탁한 건 모험을 도와달란 게 아닐 세. 목적은 내 손으로 달성해야 비로소 의미가 있는 법이라고 생 각하네."

"잘 이해하고 계신 것 같아서 다행이네요. ……강한 사람의 뒤를 따라다니면서 던전을 제패한다 해도 아무런 경험도 안 되니까요."

"수행을 포함해 전부 좋은 경험이었지. 귀족으로 살아가게 되더 라도 분명 나는 지난 일주일을 잊지 못할 걸세."

"일단 오늘은 8일째이니 일주일만 기억하시면 앞선 기억부터 지워나가는 건가요?"

"말꼬리를 잡는 건 그만두게. 덧붙여 솔직히 말하자면 난 한시 라도 빨리 수행의 기억을 지우고 싶군."

"그럼 던전에서 돌아오시면 콩 요리를 대접할게요."

"그만두게나. 살아서 돌아왔을 때의 희망이 없잖은가."

"죽지 않을 테니 괜찮지 않을까요."

하하하 웃었다.

로렛타는 무엇이 그렇게 재밌는지 조금도 이해할 수 없었다.

때문에 화제를 바꾸기로 했다.

"그런데 쌍둥이 중 한쪽을 데리고 온 모양이다만, 설마 날 돕게 할 생각인가?"

알렉의 옆에는 아직 어린 소녀가 있었다.

흰 털에, 여우를 닮은 귀가 선명히 보이는 수인이었다.

이름이 뭐였더라──.

"브랜 말인가요?"

"그래. 내가 여관에 왔던 날, 저 애는 다른 모험가 보조를 하고 있다는 말을 들었던 것 같은데. 오늘은 날 보조하기 위해서 데리고 온 건가 싶어서."

"조금 전 말씀 드린 대로, 강한 사람의 뒤를 따라 다니면서 던전을 제패한들 아무런 경험도 얻을 수 없거든요."

"……그 아이가 나보다 강하다는 의미인가?"

"그렇지요. 순수한 전투 능력만 따지자면 우리 여관에서 두 번째랍니다."

"첫 번째는 그대일 테지? 그렇다는 건 요미 씨보다도 강하단 뜻이군."

"아내는 섬세한 마법이 특기니까요. 육탄전을 벌이게 된다면 그렇게 강하지는 않죠."

"그 말인즉, 그녀는 육탄전에 강하다는 뜻이군."

"완력만으로 따지자면 장정 백 명과 힘겨루기를 해도 이길 수 있지요."

"……그대가 하는 말은 무엇 하나 규모가 대단해서 결국에는 전부 허풍처럼 들리는 게 문제라네."

"사실인데 말이죠."

알렉은 당황한 표정을 지으며 머리를 긁적였다.

어쨌든 모험에 동행자로 보내 줄 생각은 아닌 모양이었다.

로렛타가 물었다.

"그럼 그녀는 왜 데려온 거지?"

"세이브 포인트를 지켜볼 겁니다. 그렇지?"

알렉이 브랜을 불렀다.

그러자 그녀는 알렉의 등 뒤로 서둘러 숨어 버리고 말았다.

내성적인 아이인 모양이다.

업무 중에는 평범하게 손님의 주문을 받았지만 여관 밖으로 나오면 성격이 달라지는 모양이었다.

알렉이 쓴웃음을 지었다.

"……보시는 대로 내성적인 아이이지만 약속한 건 반드시 지키니 마음 놓으셔도 돼요. 로렛타 씨의 복귀 지점은 이 아이가 지킬 거예요."

"그건 상관없지만 세이브 포인트를 지킨다는 의미는 뭐지?"

"지금까지도 해 왔지만…… 이건 보시는 대로 부서지거나 하지는 않지만 악용될 가능성은 있거든요. 제가 인정한 사람이 아닌 다른 사람이 사용할 수 없도록 언제나 감시를 해야 하죠."

"그렇군……. 그런 것치고는 난 처음 만난 날부터 쉽게 이용했던 것 같은데."

"로렛타 씨는 한눈에 정직한 사람이라고 알 수 있었으니까요."

"남다른 혜안에 감사하고 싶지만, 솔직히 단순한 감에 지나지 않았겠지."

"근거가 될 법한 대답을 드리자면, 로렛타 씨가 악인이었더라도 제가 그 자리에 있다면 죽지 않을 정도로만 제압해서 세이브 포인트를 지우면 되니까요. 세이브 포인트가 사라진다면 로드가 불가능하니까요."

"당시에 다른 꿍꿍이는 없었지만 새삼 그때 그런 생각을 하지 않아서 진심으로 다행이었다 싶어지는군."

뭘까, '죽지 않을 정도의 제압'이라는 건. 상상만으로도 두려움이 몰려들었다.

죽음이 가장 괴로운 것이 아니라, 살아있기 때문에 괴로운 상황도 있다. 로렛타는 지금까지의 수행을 통해 그 사실을 뼈저리게 실감한 덕에 공포도 한층 컸다.

그러나 신경이 쓰이는 부분은 여전히 남아 있었다.

"그대가 지키는 걸로는 부족하다는 의미인가?"

"아, 죄송해요. 저는 잠시, 자리를 비워야 해서……."

"그렇군……. 그렇겠지. 그대의 본업은 여관 주인이니 해야 할 일이 있겠지. 오히려 지금껏 내 수행에 어울려 주었다는 사실에 감탄과 놀라움을 표할 뿐일세."

"여관하고는 상관없는 일입니다만…… 저기, 묻지는 말아 주세요, 대답해 버릴 것 같아서요."

"그렇게 말한다면 묻지 않겠네. 무슨 용무인지는 모르지만 모쪼록 열심히 하도록."

"용무라고 해야 할지, 잡무 처리라고 해야 할지…… 어쨌든 열심히 해 보겠습니다."

"음. 나도 성심성의를 다해 노력하겠네."

"제 예상대로라면 다섯 번 정도는 죽게 될 테니, 그리 알고 계세요."

"겨우 다섯 번인가. 그렇다면 그리 큰 문제는 아니겠어."

"그러네요."

알렉이 웃었다.

로렛타는 방금 대화를 마치고 어라? 하며 고개를 갸웃했다.

다섯 번 죽는 일이 큰일이라고 생각했던 시기도 분명히 존재했던 것 같았다.

그러나 아득히 먼 옛날이야기처럼 느껴졌다.

과거는 이제 아무래도 좋다.

그보다 지금은── 미래를 보자.

눈앞의 던전을 제패하고 반지를 찾아낸다.

로렛타는 목표에 집중하고자 사고를 전환했다.

"그럼 다녀오겠어."

"네, 조심하세요."

알렉이 손을 흔들었다.

그의 등 뒤에서 브랜이 머뭇머뭇 그녀를 바라보았다.

로렛타는 가볍게 손을 마주 흔들고 '화원'으로 향했다.

던전에 도전하는 길임에도 그 발걸음에는 두려움이 없었다.

이것도 수행의 성과이리라. 로렛타는 당당하게 걸음을 내디뎠다.

○

로렛타가 '화원'에 도전할 무렵──.

알렉은 모험가 길드에 와 있었다.

어제, '화원' 제패 의뢰를 받을 적에 부탁했던 용건을 마무리하기 위해서였다.

모험가 길드라고 불리는 건물은 도시 중심부에 있었다.

정식 명칭은 '모험가 지원 단체 왕도 본부'였지만 대체로 '길드'라고 불리고 있었다.

석조로 지어진 커다란, 2층 건물이었다.

입구는 언제나 활짝 열려 있고 어떤 모험가도 거부하지 않았다.

1층은 술집을 겸하는 공간이 조성되어 있었다.

대낮이면 100명도 넘는 모험가로 북적였다.

잠깐 그 사이를 지나는 것만으로도 사람 사이를 바느질하듯 걸어야 할 지경이었다.

알렉의 목적지는 2층에 있는 모양이었다.

1층의 혼잡함을 뚫고, 곳곳에서 벌어지는 싸움처럼 '늘 있는 일'을 흘려 넘기며, 경계를 사는 일 없이 목적지였던 곳으로 향했다.

2층에는 의뢰 창구가 있다.

의뢰를 하는 사람도 의뢰를 받는 사람도 이 창구를 이용하게 되어 있다.

밤낮을 불문하고 항상 접수원이 대기하고 있어서 하루 중 언제라도 이용할 수 있었다.

다만, 지금 시간대에는 다섯 개의 접수창구 모두 빼곡하게 줄이 늘어서 있었다.

이 시간대에 대기하지 않고 의뢰를 하거나 받는 건 불가능해 보였다.

알렉은 의뢰 창구로 다가가더니 더욱 안쪽으로 나아갔다.

그 너머에는 작은 목제 문 하나가 있을 뿐이었다.

'길드 마스터의 방 – 관계자 외 출입 금지'

문에는 그런 플레이트가 내걸려 있었다.

알렉은 개의치 않고 문을 열고 안으로 들어섰다.

방은 소파와 책상, 그리고 수많은 양피지로 가득했다.

항상 방을 채우고 있는 연기 사이로, 독특하고 달콤한 향기가 났다.

길드 마스터가 피는 파이프 담배의 연기라는 걸 알렉은 알고 있었다.

연기와 서류 뭉팅이 너머로 튼튼하고 화려한, 커다란 책상이 보였다.

그리고 그곳에는 방 안의 가구들과는 전혀 어울리지 않는, 작은 소녀가 앉아 있었다.

칠흑색 피부에 녹색 머리카락.

특히 긴 머리카락이 눈길을 끌었다.

소녀는 커다란 가구와 긴 머리카락에 묻혀 있는 것처럼 보였다.

머리카락 틈 사이로 엿보이는 눈빛이 매서웠다.

해치워야야 할 적을 보는 모험가 같은 눈.

당연했다. 그녀에게 있어 노크도 않고 방에 들어선 알렉은 침입자에 지나지 않았다.

정중하게 '관계자 외 출입 금지' 라는 팻말까지 내건 그녀의 사무실에 침입한 알렉을, 그녀는 이렇게 맞이했다.

"오, 잘 왔군. 적당한 데 앉아."

무뚝뚝하기는 했지만 환영하는 모양새였다.

그러나 어린아이 같은 용모와 달리 그녀의 음성은 흡사 노인처럼 거칠었다.

처음 듣는 사람이라면 분명 놀랄 것이다.

그러나 알렉은 익숙한 듯했다.

익숙한 몸놀림으로 근처에 쌓인 종이 더미에 앉았다.

뒤이어 부드러운 미소를 머금고 의자에 뿌리를 내린 소녀에게 말했다.

"쿠 씨. 어제 의뢰했던 일은 어떻게 됐나요?"

알렉의 말에 쿠는 눈을 가늘게 떴다.

어린 용모와는 어울리지 않는 묘하게 박력 넘치는 표정이었다.

" '잿빛' 말이지. 하룻밤 안에 할 수 있는 조사는 끝난 참이야."

"어땠나요?"

"네가 뒤쫓던 그 사람이 맞을 거다."

파이프를 빨아들였다가 후욱 하고 연기를 토해냈다.

눈동자에는 염세적인 빛이 엿보였다.

뒤쫓고 있던 인물에 대한 단서를 얻고도 알렉의 표정에는 조금도 변화가 없었다.

희미한 동요나 기쁨도 찾아볼 수 없었다.

부드러운 미소를 띤 채로 이야기를 재촉했다.

"그 녀석은 지금 어디에 있죠?"

"아무래도 하룻밤 만에 끌어모은 정보라서 말이지. 진심으로 찾는다면 이틀이나 사흘 정도 걸리겠다만……."

"부탁할게요. 추가 의뢰비가 발생한다면 얼마든지 말하세요."

"……그건 그렇고, 너도 참 희한한 사람이야. 확실히 '잿빛'은 유명한 암살자야. 그 방면으로 모르는 녀석이 없고 위험하다는 것도 분명하지. ……본인이든, 모방범이든. 그런데 일부러 사비를 털어서 그런 위험인물을 벌하겠다고 나서는 건 도무지 평범하지는 않지."

"암살자, 인가요."

"다른가?"

"전 '잿빛'이 암살자가 아니라고 생각하는데요……. 그런 방면의 인물로 분류되는 건 어쩔 수 없을지도 모르겠네요. '잿빛'과 맞아떨어지는 직업은 이쪽 세계에는 아마도 없겠지요."

"네가 원래 있던 세계에는 있었나?"

"그렇네요. 굳이 분류하자면 '카운셀러'일까요?"

"참 비열하기 짝이 없는 직업이겠군."

"……어쨌든, 찾을 수 있다면 다행이네요. 존재를 알면서도 내내 방치하는 건 정신 위생상 좋지 않으니까요."

"벌레라도 논하는 듯한 말투로군……."

"아니지요. 중2 노트 같은 거예요."

"영문을 모르겠어. 그건 또 무엇이야?"

"남들 모르게 묻어 버리고 싶은 물건이죠."

알렉이 몸을 일으켰다.

쿠는 눈을 굴려 그를 올려보았다.

"신입 육성은 잘 되어 가나?"

"……나름대로요. 최대한 험하지 않은 수행을 골랐다고 생각했는데 아무래도 감각이 다른 걸지도 모르겠어요."

"네가 말하는 '험하지 않은'은 평범한 사람에게는 '고문'이겠지."

"그 정도까지는 아니라고 생각하는데요……. 효율 좋게 내구력을 올리는 것도, 사흘 밤낮을 던전에서 보내는 것도, 게이머에겐 당연한 일이고요."

"그러고 보니 넌 본래 세계에서는 방금 말한 '게이머'였다고 했던가?"

"맞아요. 제법 폐인이었지요."

"……폐인이 될 만한 직업이었나."

"직업은 아니지만…… 취미로 폐인이 되었다고 해야 할지."

"취미로 폐인이 되다니, 어딘가 이상한 거 아냐?"

"……지금 생각해 보면 그럴지도 모르겠네요. 하지만 세이브도 없는 상황에서 죽을 만한 훈련을 시키거나 하지는 않아요. 모두 세이브가 있으니 게임에서와 같은 수행이 가능한 거죠."

"네 발언은 여전히 영문을 모르겠군. ……상관없지. 붙잡아 둬서 미안했네. 그럼 나름대로 힘내 줘. 여긴 내 나름대로 진행하도록 하지."

"네. 그럼 이만."

잡담을 마친 알렉이 고개를 꾸벅 숙였다.

쿠는 귀찮다는 듯이 손을 흔드는 것으로 답을 대신했다.

○

로렛타가 '화원' 제패를 마치고 나왔을 때는 알렉이 마중 나와 있었다.

시각은 낮으로, 제패하기까지 꼬박 하루가 걸린 셈이었다.

세이브 포인트 옆에는 알렉이 홀로 서 있고 브랜의 모습은 없었다.

하룻밤을 잠들지 않고 보초를 섰을 테니 알렉이 쉬라며 돌려보낸 걸지도 모른다.

로렛타는 알렉에게 다가갔다.

그리고 기쁨을 가눌 수 없다는 듯 말했다.

"'화원'을 제패했다."

"그렇습니까. 축하할 일이네요."

리액션이 소박했다.

그에게 던전 제패 따위는 딱히 보기 드문 일도 아니었지. 로렛타는 그 사실을 떠올렸다.

거짓말 같은 이야기였지만 50개 '정도'를 제패했다고 한다.

그렇다면 던전 하나를 제패한 정도는 특별히 축하할 일도 아닌 거겠지.

……라고 로렛타는 생각했지만.

알렉이 물었다.

"그보다 반지는 찾으셨나요?"

"……그렇군. 내 목적은 그쪽이었어."

로렛타는 제패라는 위업을 앞에 두고 지나치게 흥분했던 자신을 반성했다.

오히려 생판 남인 알렉이 그녀보다 명확하게 목표를 설정하고 있는 듯했다.

때문에 로렛타는 자신의 왼손을 내밀었다.

"지금 다시 내 소개를 하지. 내 이름은 로렛타 올브라이트. 올브라이트 공가(公家) 가장의 증거인 반지는 내 손 안에 있네. 던전 마스터는 꽃을 먹는 검은색의 거대한 새였는데 이 반지는 녀석이 수집했던 물건 안에 있었지."

그녀의 검지에는 두꺼운 반지가 빛나고 있었다.

작고 붉은 보석이 반지의 구석구석에 박혀 장미 같은 인상을 자아냈다.

알렉이 말했다.

"아름다운 반지네요."

"그렇지……. 이것이야말로 우리 가문의 문장을 새긴, 가장의 증거. ……숙부의 손가락에는 지나치게 가늘었던 모양이지만 내 손가락에는 잘 맞는군."

"아, 그렇네요. 참 다행이네요."

"……무사히 목표를 달성했으니 그보다는 좀 더 기뻐해 줘도 되네만."

"하지만 아직 다 끝난 게 아니잖아요? 로렛타 씨의 목적은 그걸 갖고 숙부와 직접 담판을 짓고 가주 자리를 되찾는 것까지니까요."

"그건 그렇지만……. 어찌 되었든 이로써 내 모험가 생활도 마침표를 찍게 되었군. 그대에게 신세를 진 보람이 있었네."

"아니요. 로렛타 씨가 처음에 결심했던 모든 목적을 달성할 때까지 저희 여관은 로렛타 씨를 서포트할 겁니다. ……또 곤란한 일이 생긴다면 얼마든지 방문해 주세요. 도울 수 있다면 수행으로 어떻게든 해결해 볼 테니까요."

"그 말을 듣고 다시 신세 지겠다는 수행 경험자가 몇 명이나 되겠나……."

없지 않을까.

그러나 알렉 덕분에 죽음을 두려워 않고 앞으로 나아갈 수 있었음은 분명했다.

그 성과를 생각한다면 언젠가 큰 벽을 만났을 때 다시 수행을 하고 싶다고 생각하는 사람도 아주 없지는 않을 가능성도 있었다.

기능적인 의미에서도——.

세이브라는 신비로운 기능을 이용한 덕분에 죽음을 두려워하지 않을 수 있었던 셈이다.

정신적으로도 목숨을 건다는 행위에 내성이 생겼다.

로렛타는 위기에 빠지더라도 당황하지 않을 수 있도록, 정신적으로 강해진 걸 실감했다.

때문에 로렛타는 알렉에게 감사를 표했다.

"정말 신세를 졌네. 설마 이렇게 빠르게 '화원' 제패를 달성할 줄은 꿈에도 몰랐지. 모든 건 그대의 덕분일세. 고맙네."

"모든 건 로렛타 씨의 기지 덕분이죠. 저는 로렛타 씨의 힘을 끌어냈을 뿐이에요."

"끌어냈다기보다는 억지로 비틀어 짜냈다는 느낌이다만…….
그렇다 해도 그대의 수행이 없었다면 성인이 되기 전에 반지를 되찾지는 못했을 걸세. 이제 숙부에게서 가주 자리를 되찾으면 그쪽은 '정당한 가주가 성인이 될 때까지 보살핀다'는 대의명분을 내세우겠지."

"……로렛타 씨에게서 모든 걸 빼앗은 숙부를 원망하지는 않나요?"

"아무래도 나는 사람을 원망하거나 저주하거나 하는 데에는 재능이 없는 모양이군."

"……."

"덧붙이자면 우리 일족은 친척이라 할 만한 사람이 별로 없어. 아버지가 돌아가시고 한 달 전에 어머니가 돌아가시면서 이제 혈연으로 이어진 친척은 숙부밖에 없지. ……어머니에게 암살자를 보낸 사실이 확정될 때까지는 가능하면 원만하게 지내고 싶네. 그리고……."

"그리고?"

"만약에…… 어머니에게 암살자를 보낸 게 숙부라도 그 사실을 후회하고 죗값을 치른다면 나는 그를 용서할 걸세. 어머니도 분명 그러셨겠지. ……패기가 부족하다 싶을지도 모르지만, 내 본심은 그러하네."

"그런가요."

"순진하다고 비웃을 텐가?"

"아니요."

"……게다가 말일세. 실무적인 면에서도 숙부의 힘이 없으면 집안이 무너질 거라는 건 사실이네. 귀족에 어울리는 품성은 아니지만 상인으로서 숙부는 일류이니 말이지."

마지막 말은 그럴싸한 변명이었다.

물론 사실이기는 했지만 명맥을 유지하는 정도라면 로렛타도 제 힘으로 이룰 수 있었다.

그리고 그녀는 집안을 키워 보려는 의지도 없었다.

그런 탓에 가족을 죽인 상대임에도 숙부를 끝내 미워할 수는 없는 모양이라고 로렛타는 자조했다.

"어쨌든 반지를 선물로 삼아 숙부에게 물어볼 참이네. 상황이 정리되면 편지를 보낼 테니 우리 집을 한번 방문해 주게. 최대한 보답을 하지."

"감사합니다. 그럼 일단 여관으로 돌아갈까요?"

"아니……. 가능하다면 곧장 집으로…… 아, 먼저 모험가 길드에 제패 보고를 해야 하던가."

"그 부분은 이쪽에서 마무리해 뒀어요."

"그래? ……이번엔 '제패한 본인이 살아 있는데 대리인이 제패 보고를 할 수 있을 리가 없잖나?' 같은 평범한 의견은 언급하지 않도록 하지. 그대라면 가능할 것 같으니까."

"길드장과 안면이 있어서요."

"……처음에는 그저 술주정뱅이도 함부로 입에 담지 않을 허풍인 줄로만 알았는데 지금은 모두 진실로만 들리는군. 그대라면 뭘 해내더라도 이상하지 않겠지."

"드디어 믿어 주시는 것 같아 감사할 따름이네요."

"숙박료는 제패 보고 상금에서 제해 주게나. 다 가져가도 상관없네."

"아니요. 제대로 필요한 만큼은 받아 두었으니 나중에 받으러 가 주세요."

"그래. ……하나부터 열까지, 모두 감사하네. 그럼, 다음에 다시 만나길."

"네."

알렉은 멀어져 가는 로렛타를 지켜보았다.

그리고 생각했다.

보아하니 그녀는 '화원' 내부에 있다고 전해지는 보물에도 눈길 한 번 두지 않았으리라.

알렉이 대신 회수해서 나중에 전달해야겠다 싶었다.

던전 마스터가 둥지에 보물을 축적하는 습성이 있다는 모양이니, 아직 발견하지 못한 보물도 많으리라.

더군다나 분명 다시 모험가로서 모험에 나서기 위한 돈이 필요하게 될 것이다.

거의 예언에 가까운, 경험에 따른 직감이었다.

그렇게 마음먹은 알렉은 세이브 포인트를 지우고 '화원'으로 들어섰다.

○

알렉이 '은 여우 여관'으로 돌아왔을 때는 벌써 저녁 무렵이었다.

보물을 회수하고 길드에 보고, 그리고 길드장에게 정보를 받는다. 이 세 개의 용건을 마무리하느라 늦어지게 되었다.

여관으로 들어와 일시 보관 장소로 자신의 방에 한 주머니 가득한 보물을 내려놓았다.

그리고 아내와 노예들이 있을 터인 식당에 얼굴을 내밀자──.

카운터석에 조금 전 막 헤어졌던 로렛타가 있었다.

어딘가 침울한 분위기였다.

무슨 고민이 있는지, 턱을 괴고 카운터 테이블을 응시하고 있었다.

알렉은 평소와 다름없는 걸음으로 그녀를 향해 다가갔다.

그리고 바로 등 뒤에서 말했다.

"로렛타 씨, 돌아오셨네요."

"으앗?! …… 그대인가. 기척을 지우고 다가오지 말라고 그렇게 말했을 텐데."

로렛타는 화들짝 놀랐지만 가까스로 의자에서 움직이지 않고 버텼다.

몇 번이나 놀랐던 덕분에 내성이 생긴 듯했다.

설마 이것이 '정신 수행'인 걸까. 로렛타는 잠시 생각에 잠겼다가 그런 가능성을 부정했다.

알렉이 이런 미적지근한 행동을 수행이라고 부를 리가 없다.

알렉은 빙글빙글 부드러운 미소를 머금고 사과했다.

"죄송해요. 손님께 방해가 되지 않도록 종업원은 모두 기척을 지우고──."

"그건 알고 있네. ……음, 저기, 나야말로 그대를 놀라게 하는 게 아닌가 싶었지만, 아무래도 그건 기우였던 모양이군."

"그렇네요. 일찍 오셨으니까요."

"그, 그렇군……."

"제 예상보다 반나절 이르네요. 로렛타 씨는 언제나 제 예상보다 반나절 빨리 오는 분이세요."

"……마치 돌아온다는 것 자체를 예상했던 것 같은 말투로군.

아, 상금을 받으러 오는 걸 예상했던 건가?"

"아니요. 아마, 숙부와 직접 담판을 내지 못하고 돌아오지 않을까 생각했지요."

"……."

로렛타는 꿀 먹은 벙어리가 되었다.

그리고 크게 한숨을 내뱉었다.

"정답일세……. 숙부에게 반지만 빼앗기고 문전박대를 당했다는 거다."

"지금 로렛타 씨라면 힘으로 반지를 지켜낼 수 있었을 텐데요."

"어안이 벙벙해서 어쩔 수 없었어. 저항할 기력도 없었던 거지. ……숙부는 정말로 나를 가족으로 생각도 않는 것 같더군. 아니면 그토록 내게 가주 자리를 넘겨주고 싶지 않거나."

"어떨까요."

"……지금부터 한심한 소리를 할지도 모르는데 들어줄 수 있겠나?"

"해 보시죠."

"귀족의 지위나 재산은 그렇게까지 중요할까?"

"……."

"난 잘 모르겠네. 돈이나 권력은 가족을 죽이면서까지 손에 넣고 싶은 걸까? 나도 가주 자격을 되찾기 위해서 분투하고 있는 몸이니 잘난 척할 입장은 아니겠지만……. 만약 숙부를 죽여야만 가주 자격도 재산도 되찾을 수 있다고 한다면 포기할지도 몰라."

"그런가요."

"설마하니 말을 나눌 기회도 주지 않을 줄은 몰랐네. ……어쩐지 앞이 흐릿해. 목표로 설정했던 목적지는 알고 보니 환상이었던 걸세. 목표를 잃고 말았어. ──대화를 통한 화해는, 처음부터 나 말고는 그 누구도 고려조차 하지 않았던 걸세."

"그럼 지금은 숙부가 미운가요?"

"……순진하다고 비웃게나. 그래도 여전히 나는 숙부를 미워하지 않네. 아니, 숙부만이 아니라 누군가를 미워하고 그런 마음을 원동력으로 삼는 건 내게는 불가능해."

"어째서요?"

"어려운 질문이군. ……굳이 근거를 든다고 한다면 그건 내가 귀족으로 자랐기 때문이겠지."

"숙부도 귀족인데요?"

"그 부분을 찌르면 아프군. ……어머니의 가르침에 따르면 귀족은 무사무욕한 존재여야 했네. 고귀한 사람은 민중을 돕고 이끌어야 하는 책무가 있지. 권력이나 재력은 모두 백성에게 환원하기 위해서 일시적으로 맡아 둔 것에 지나지 않고 귀족은 백성이 있기에 존재한다고. ……그러니 부침이 있더라도 다른 이를 원망하거나 질책하거나 해서는 안 된다. 그건 도리에 어긋나는 일이라고…… 난 그렇게 배웠지."

"그렇군요."

"어머니는 내 안에서 가르침이 되어 여전히 숨 쉬고 계셔."

"……."

"그러니 분명 나는 사람을 미워할 수 없을 걸세. 미워할 수 없다는 사실이 원망스러워. 숙부를 원망하면서 적으로 생각할 수 있다면 모든 걸 해결할 수 있을 텐데."

그녀는 다시 깊은 한숨을 쉬었다.

알렉은 잠시 망설이다 입을 열었다.

"……저기, 내일 다시 물어보면 어떨까요?"

"그러면 뭔가가 다를까?"

"……."

"알렉 씨?"

"아니요, 그. ……뭐, 변화가 있을지, 변하지 않을지까지는 보증할 수 없지만. 쓸데없는 일은 아니라는 생각이 드네요."

"……그럴까. 쉼 없이 도전하면 점점 사태는 호전되는 법이지. 나는 그대의 수행을 통해서 그걸 배웠네."

"네."

"좋아……. 그대 말대로, 내일 다시 숙부에게 물어보기로 하지. 그리고 미안하지만…… 오늘도 머물 수 있을까? 잘 곳이 없거든."

"좋으실 대로. 어차피 예약도 없는 허름한 여관이니까요. 슬슬 목욕물을 데워드릴게요."

"고맙네."

"나중에 상금이랑 보물도 돌려드릴게요. 일단 상금은 조사단이 '제패'를 확인할 때까지는 반밖에 못 받겠지만요."

"그런가? 실제로 제패한 사람에게 이야기를 들을 기회가 없어서, 상금이 그런 방식으로 지급되는 건 처음 알았군."

"'제패'가 된 뒤에도 '소탕'과 '사후 조사'라는 단계가 있으니까요. 일단 제패자가 대강 소탕까지 하는 게 보통이니 실제로는 사후 조사를 진행하겠네요."

"내 경우에는 반지를 찾는 게 목적이었으니까. ……제패는 탐색에 방해가 되는 몬스터가 몰려들지 않도록 하기 위한 수단에 지나지 않았지. 지금 생각하면 무척 터무니없는 '수단'이었어. 제패의 난이도는 이야기를 들어 익히 알고 있었을 텐데, 그때의 난 근거도 없이 나라면 할 수 있다고 생각했었지."

"초보 모험가는 종종 그렇지요."

"……어쩌면 무의식중에 평생을 모험가로 마감할 각오를 다졌던 걸지도 모르겠어."

로렛타가 웃었다.

서글픈 미소였다.

알렉은 목욕탕을 만들기 위해 그 자리를 떠났다.

목욕탕 만들기가 끝나면 해야 할 일도 있었다.

마법을 유지하는 건 다소 거리가 있어도 괜찮았지만──.

자.

로렛타의 저택과 이 여관 사이의 거리는 얼마나 될까.

경우에 따라서는 물을 뜨거울 정도로 끓여 둬야 할지도 모른다.

○

바이론 올브라이트는 균형 잡힌 체격을 가진 중년 남성이었다.

평소에 그는 짙은 녹색의 로브를 종종 즐겨 입었다.

화려하지는 않았지만 센스 있고 고급스러운 장신구를 즐겼다.

그는 올브라이트라는 귀족의 가문에서 태어났다.

누님이 있었지만 장남이었다.

일반적으로 귀족은 남자가 가장을 이어받는 법.

그렇기에 그도 장래에 집안을 이끌 영재 교육을 받았다.

그러나 무슨 운명의 장난인지, 가주 자리는 누님이 승계하게 되었다.

분명 그 시점부터 그의 인생은 비틀렸다. 그는 그렇게 생각했다.

장사에 재능이 있었다. 예의작법도 완벽했다.

검술에도 뛰어났고 덕분에 던전이 발견되었을 때 '조사'를 진행하고 간단한 지도를 그리는 역할도 수행하게 되었다.

그럼에도 불구하고 누님이 가주 자리를 승계했다.

터무니없는 이유 때문이었다.

요컨대── '누구보다도 귀족답기 때문'이란다.

──귀족은 무사무욕한 존재여야 한다.

──고귀한 사람은 민중을 돕고 이끌어야 하는 책무가 있다.

──권력이나 재력은 백성에게 환원하기 위해서 일시적으로 맡아 둔 것에 불과하다.

──귀족은 백성이 있기에 존재한다.

어처구니가 없었다.

무척 훌륭한 주장이기는 했다.

그러나 현실은 까맣게 모르는, 동화 속 귀족에서나 찾아볼 법한 이념이었다.

그는 그런 꿈만 같은 이야기에 장래를 빼앗겼다.

아무리 원망을 해도 모자랐다. 아무리 미워해도 모자랐다.

그래서 그는 올바른 후계자가 가주 자리를 계승하도록, 다시 말해 자신이 손에 넣기로 했다.

'귀족다운' 이념으로 활동하다 쇠락해 가는 자신의 가문을 더는 볼 수 없었다.

그러나 누님은 거부했다.

그래서 죽였고 그녀의 딸도 내몰았다——.

그러나 요전번에 가주의 증거인 반지를 떨어트렸다.

그의 두껍고 억센 손가락에는 지나치게 가늘어서 목걸이로 만들어야만 했던 탓이다.

그리고—— 던전의 '조사'를 진행할 때 경호 담당이던 모험가가 무능했기 때문에.

그러나 그 일은 잊기로 했다.

반지는 다시 돌아왔다.

불안의 싹은 제거했고 그의 인생은 지금 절정을 구가하고 있었다.

장사를 마무리하고 교섭을 마무리하고, 처리해야 할 잡무도 마무리했다.

요즘 그의 즐거움은 보고서를 읽으며 술잔을 기울이는 것이다.

호박색의 알코올 향기를 머리에 그리면서 그는 자신의 방에 들어섰고——.

창가에 걸터앉은 수상한 인물을 발견했다.

짐승의 모피로 만든 망토를 두르고 가면을 쓴 남자였다.

가면을 쓰고 있지만 얼굴이 훤히 보였다.

얼굴을 가릴 생각은 처음부터 없던 것처럼, 가면을 얼굴 옆으로 빗겨 쓰고 있었다.

불길하게 느껴지는 모양의 가면이었다.

동물을 모티브로 한, 묘한 광택이 감도는 신비로운 소재로 만들어진 물건이었다.

개일까. 아니면 여우?

남자의 연령은 좀처럼 알 수 없었다.

젊어 보였지만 한편으로는 묘하게 침착한 분위기가 감돌았다.

젊다고 한다면 그런대로, 자신보다 나이가 많다고 한다면 그거대로 바이론은 고개를 끄덕일 것 같았다.

──반사되는 빛 때문에 눈이 어지럽군.

녀석이 몸에 두른 모피와 가면이 밤의 빛을 받아 은색으로 반짝이고 있었다.

바이론은 그것이 묘하게 마음에 들지 않았다.

그 남자는 방에 있었던 두루마리를 읽고 있었다.

흡사 주인이라도 되는 듯 여유로운 모습이었다.

실제로 방의 주인이 된 듯한 심정이리라.

그 남자는 바이론의 존재를 깨닫더니 미소를 띤 채 말했다.

"드디어 오셨네요. 기다리고 있었습니다."

손님을 맞이하는 듯한 응대였다.

바이론은 미지의 침입자를 향해 공포보다는 짜증이 앞섰다.

"웬 놈이냐."

"당신께서 암살자라고 생각하고 계실 법한 인물이죠."

"⋯⋯?"

바이론은 이맛살을 찌푸렸다.

이 남자가 하는 말은 하나부터 열까지 신경에 거슬렸다.

대단한 말을 늘어놓는 것도 아닌데 무시당하는 것만 같았다.

그는 벌컥 화를 내며 소리쳤다.

"위병! 위병! 침입자다! 뭘 하고 있느냐!"

"아, 다른 분들은 주무시고 계실 텐데요."

"⋯⋯뭐라고?"

"큰 소동을 벌일 생각은 없었기 때문에 잠시 주무시게 했지요. 아마도 반나절은 잠들어 계시겠죠."

"⋯⋯?!"

바이론은 그제야 사태를 파악했다.

침입자인 남자가 지나치게 조용한 탓에 눈치가 둔해졌다.

이 남자는 위험하다.

드디어 그의 본능이 경고음을 내기 시작했다.

한시라도 빨리 이 자리를 떠나야 한다고, 머리보다는 몸이 먼저 움직이기 시작했다.

허둥지둥 몸을 돌리고 출입구로 향했다.

그러나 돌아본 그곳에, 바로 좀 전까지 창가에 걸터앉아 있었던

남자가 서 있었다.

바이론은 창쪽을 뒤돌아보았다.

창가에는 더 이상 아무도 없었다.

다시 말해—— 이 남자는 바이론이 돌아서는 것보다 먼저 이동해서 그의 앞을 가로막았다는 의미였다.

있을 수 없는 사태에 그의 사고가 얼어붙었다.

남자는 부드러운 미소를 머금고 말했다.

"오늘은 부탁드릴 게 있어서요. 별안간 이렇게 찾아뵙게 되어 송구하지만 당신이 고용했다는 '잿빛'이 가짜였다고, 분명하게 선언해 주시지 않겠어요?"

"…… 재, '잿빛'?"

"맞아요. ……아니, 저도 말이죠. 피해가 이만저만이 아니거든요. 발 없는 말이 천 리를 간다고들 하잖아요? 곤란한 일이죠. 그 옛날의 부끄러운 흑역사 노트가 어떤 실수로 공중파를 타게 되었다고나 할까."

"무슨, 무슨 소리를——."

바람에 커튼이 흔들렸다.

구름이 움직이면서, 달빛이 자취를 감추었다.

——잿빛.

어둠 속에서 은색으로 빛나던 망토와 가면이, 광택을 잃고 잿빛으로 보였다.

바이론은 깨달았다.

"설마 네놈이, 진짜……?!"

"네. 옛날 '잿빛'이라고 불리던 사람이지요."

"전설의, 암살자?!"

"아닙니다. '잿빛'은 암살자가 아니에요."

남자가 어딘가 부드럽게 웃었다.

그 미소에서 바이론은 가눌 수 없는 공포를 느꼈다.

마른침을 삼켰다.

남자가── 진짜 '잿빛'이 말했다.

"흔히 착각하기 쉽지만 '잿빛'으로 활동하면서 사람을 죽인 채로 두었던 적은 단 한 번도 없었는걸요. 사람을 죽이면 범죄가 될테니까요. 나쁜 짓을 해서는 안 되죠."

부서져 있었다.

이 남자는, 외모는 실로 인간처럼 보였지만 어딘가 부서져 있다. 바이론은 그렇게 느꼈다.

"애초에 사람을 죽이는 건 비합리적이잖아요. 살인으로 무언가가 바뀌나요? 설령 악인을 죽이더라도 또 다른 악인이 같은 악행을 할 뿐이고, 권력자를 죽이더라도 다시 다른 권력자가 같은 행동을 할 뿐이죠. 비합리적인 일이에요. 문제를 리셋하고 같은 문제를 만들다니."

남자는, 바이론은 생각해 본 적이 없는 시점에서 상황을 읽고 있는 듯했다.

높은 곳에서 내려다보고 있다고 해야 할까.

'관찰자 시점'이라고 해야 할까.

──흡사 이야기를 평가하는 사람처럼.

바이론의 현실을 이야기하고 있었다.

"그래서 저는 죽인 채로 두지는 않아요. 악인을 고치는 활동을 했었죠."

남자가 오른손을 옆으로 뻗었다.

바이론은 무슨 일을 당하겠다 싶어 반사적으로 눈을 감았다.

그러나 아무 일도 벌어지지 않았다.

눈을 떴다.

그러자── 낯선 물체가 있었다.

둥실둥실 부유하는, 희미하게 빛나는 구체였다.

신비로운 그 물체를 남자는 이렇게 불렀다.

"세이브 포인트를 불러냈습니다. 자, 여기를 향해서 '세이브한다'고 선언해 주세요."

영문을 알 수 없었다.

바이론은 말없이 구체를 바라보았다.

남자가 느닷없이 바이론의 손을 붙들었다.

"인간의 손가락과 발가락은 손에 열 개, 다리에 열 개가 있고 제각각 인체에서 가장 민감한 부위이지요. 말하자면 그곳이 부러지면 늑골 같은 다른 뼈가 부러지는 것보다 더 아프다는 뜻이에요."

뚜둑.

가벼운 소리와 함께 바이론의 오른손 새끼손가락이 부러졌다.

"……컥?! 크아아아악?! 무, 무, 무슨, 짓을……?!"

바이론은 눈을 크게 뜨고 주저앉았다.

남자가 웃고 있었다.

"'세이브한다'라고 선언해 주세요. 다음은 약지가 되겠네요."

"세이브한다! 세이브, 해!"

바이론이 허둥지둥 소리쳤다.

남자는 만족스럽게 고개를 끄덕였다.

"협조에 감사드립니다. 그럼 이제부터가 본게임이 될 텐데요. ……악인에게 반성을 촉구하기 위해서는 어떻게 하는 게 좋을지, 고민했지요. 저는 이전 '잿빛'이 해 왔던 암살 장사를 그만둘 참이었거든요."

"……큭, 크윽…….."

바이론은 식은땀을 흘리면서 고통에 신음했다.

남자는 조금도 개의치 않고 말을 이었다.

"그래서 저는 제가 할 수 있는 일을 고민했지요. 살인으로는 아무것도 바뀌지 않는다. 그러나 업무는 살인이다. 먹고 살기 위해서는 사람을 죽여야만 한다. 그러나 살인은 하고 싶지 않다. 생각해 보자, 우리 고객의 목적은 무엇일까?"

혼잣말이 이어졌다.

그가 늘어놓는 말은 어떤 의식 같은 분위기가 감돌았다.

"그거다. 살해할 대상이 가진 본래 성격이나 사고방식이 변화하기를 원한다."

미소.

바이론은 바닥에 주저앉아 이해할 수 없는 대상을 바라보는 시선으로 상대를 바라볼 따름이었다.

남자가 말했다.

"그렇다면 암살 대상의 성격을 교정하면 어떨까."

그리고 모피 망토 아래에서 나이프를 꺼냈다.

뭉툭한 인상의, 날카롭지 않을 듯한 나이프.

단검의 형상을 한 금속 덩어리.

"저는 그렇게 생각했죠. 그래서 오늘도 당신이 모든 죄를 인정해 줄 때까지 반성을 촉구할 생각이에요. ──두 번 다시 '잿빛'에 속지 않도록, 정성껏 교정을 해드리죠."

"살려…… 살려, 살려, 살려 줘."

"괜찮아요. 죽지는 않을 테니까요. 설령 죽는다 해도 부활할 수 있어요. 세이브를 하셨으니까요. 당신의 목숨은 보장하지요. 그러니 반성하고 오래오래 살아 주세요."

"살려, 주게나……! 제발!"

"만약 이후로 반성의 빛이 약해진다면 다시 찾아뵙지요. ──태양이 희게 빛나는 낮에도, 검은 어둠이 짙은 밤에도, 언제라도 저는 당신을 지켜볼 겁니다. 일단은 '잿빛'이니까요. 저는 낮이든 밤이든 상관없어요."

"말도 안 돼…… 그런, 그럴 수가……."

"그럼, 시작할까요."

남자가 웃었다.

그리고 무의미하게 보일 정도로 나이프를 크게 휘둘렀다.

○

이른 아침에 눈을 뜨고.

로렛타는 알렉의 말대로 다시 한번 저택에 돌아가 볼 참이었다.

사실은 어찌해야 할까 내내 고민했었다.

쌀쌀맞은 거절에 상처도 받았다.

방을 나서고 싶지 않을 정도였다.

그러나 그녀는 각오를 다졌다.

──포기하지 않아.

포기하지 않으면 불가능한 일이라도 이뤄진다. 그녀는 수행을 통해 그런 사실을 이해할 수 있었다.

그래서 로렛타는 그런 결심을, 알렉에게 선언해 두고 싶었다.

여관 '은여우 여관' 1층의 식당.

그곳에는 이른 아침부터 손님들과 노예 쌍둥이, 그리고 경영자 부부가 있었다.

알렉은 역시나 커다란 프라이팬으로 콩을 볶고 있었다.

수수한 작업이었다.

사정을 모르는 사람이 그 모습을 본다면 분명 여관에서 내는 식사의 밑준비라고 생각하리라.

설마 사람을 질식시켜 죽이기 위한 콩을 볶고 있다고는 상상할 수 없을 만큼 성실한 작업 풍경이었다.

"로렛타 씨? 자리에 앉지 않으세요?"

멍하니 선 그녀에게 알렉이 말했다.

콩을 볶고 있는 풍경을 발견하고 잠시 의식이 날아가 버렸다는 말은 할 수 없었다.

로렛타는 카운터석에 앉았다.

그리고 알렉을 향해 말했다.

"……오늘 다시 한번 저택에 돌아가려고 하네."

"그렇군요."

"……그대는 여전히 반응이 없군."

"아니요, 그 결론은 벌써 어제 나왔잖아요?"

"입으로는 분명 그렇게 말했지만 아직 결심이 바로 서지 않았어……. 하지만 새삼 마음을 다잡은 거지. 조식을 해결하고 저택에 돌아갈 생각일세. 그러니 기운이 나는 요리를 부탁하네."

"콩 수프는 어떠세요?"

"그것만 아니면 되겠어."

"콩……."

"콩만 아니면 돼."

"알겠습니다. 치즈 오믈렛을 준비할게요."

알렉이 당황한 듯이 웃었다.

로렛타는 한숨을 내쉬며——마주 웃었다.

"……숙부와 이야기를 나눌 때까지 얼마나 시간이 걸릴지."

"오늘 정도면 괜찮지 않을까요. 숙부도 로렛타 씨에게 저질렀던 부당한 처사를 깊이 뉘우치고 있을 것 같은데요."

"……숙부는 그런 성격이 아니다만."

"걱정이 된다면 부적을 하나 드리지요."

알렉은 그렇게 말하며 주방 안쪽으로 들어섰다.

얼마 지나지 않아 그가 무언가를 들고 나타났다.

로렛타가 물었다.

"그건?"

"제가 있던 세계의…… 말하자면 민속 공예품이지요. 여우 가면입니다. 축제장에서 파는 플라스틱으로 만든 값싼 물건이 아니라 제법 좋은 물건이지만요."

"그대의 말은 여전히 반도 이해가 안 되지만, 정말 괜찮은가?"

"네. 많이 있으니까요. 말하자면 이건── 이 여관의 회원증 같은 물건이기도 하고요."

"그렇다면 받기로 하지."

로렛타는 여우 가면을 받아들었다.

의외로 묵직했다.

신기한 염료로 물들인 그 가면에는 불길함과 장엄함이 느껴졌다.

앞으로는 이것이 불운을 물리쳐 주리라.

로렛타는 다시 알렉을 바라보았다.

그리고.

"신세 많이 졌네. 정말 고맙군."

"갑자기 왜 그러시나요."

"아니, 이전부터 그렇게 생각했던 거다. 느닷없이 나타난 날 정성껏 환영해 주고 정성이 지나칠 정도로 많은 수행을……. 아무리 신출내기 모험가 육성을 목표로 한다고 해도 그대의 수고를 생각하면 고개를 들 수가 없을 지경이군."

"뭐, 일단, 뭐라 말씀드려야 할지. ……로렛타 씨는 그냥 두고 볼 수 없는 느낌이 있으니까요. 내버려 둘 수 없다고 해야 할지. 옛날의 저를 생각하게 나는 구석이 있거든요. 말하자면 신출내기에다 요령이 없는 분위기가 엄청 풍겨서요."

"……그대에게 내버려 둘 수 없다는 등의 말을 듣게 될 줄이야."

"왜 그러세요?"

"아니, 이곳의 안주인에게 그대와 결혼했던 이유를 물었던 적이 있잖나. 다른 사람의 눈에 내버려 둘 수 없게 보이는 그대의 눈에조차 그렇게 보이는 나는 어떤 분위기였을까 생각하니 자연스럽게 우울해진 거다."

"하하하."

웃었다.

아마도 얼버무릴 셈일 거라고 로렛타는 생각했다.

"……그러고 보니 안주인은 그대와 결혼한 이유를 '내버려 둘 수 없었기 때문'이라고 말했다만 그대는 어떤 이유로 그녀를 아내로 맞이한 거지?"

"여자아이는 어떤 세계에서든 연애 얘기를 좋아하네요."

"……연애에 흥미가 없는 건 아니지만 순수하게, 그대라는 사람을 대상으로 한 흥미가 더 큰 걸세. 그대는 하나부터 열까지 영문을 알 수 없는 인물이니 말이지."

"저란 사람은 솔직하고, 거짓말을 하지 않는 데다가 영문을 알수 없군요……."

의외라는 반응이었다.

그러나 로렛타의 시선에 비친 그는 '거짓말은 안 하는데 어떻게 이렇게까지?' 싶을 정도로 영문을 알 수 없는 인물이라 동정의 여지가 없었다.

그래서 개의치 않고 이야기를 이어갔다.

"결국 어떤 이유였지? 설마 밀어붙이는 데 휘둘린 건 아닐 테고."

"아니요, 실제로 휘둘린 부분도 제법 있긴 있었죠."

"그대처럼 자기 멋대로인 사람이 평범하게 휘둘렸다는 게 말이 안 되는 거 같다만."

"전 이렇게 보여도 제법 잘 휘둘리는 사람인데요……. 뭐, 그렇네요……. 또 다른 이유가 있다면 제가 그 녀석을 거스를 수 없다는 부분이겠죠."

"그게 무슨 의미지?"

"그 녀석의 부모님을 죽인 사람이 저였거든요."

알렉이 가벼운 어투로 선뜻 말했다.

로렛타는 제자리에서 얼어붙었다.

그러나.

"……농담이지?"

"하하하. 다른 부부의 연애담에 지나치게 관심이 많으시네요."

타이르는 듯한 어투였다.

그렇군. 조금 전의 질문은 무례했다. 로렛타는 고개를 끄덕였다.

그리고, 다시.

"……아침부터 여러모로 미안했어. 덕분에 긴장감이 누그러진 것 같군."

"그래요? 잘은 모르겠지만 제가 도움되었다면 다행이네요."

"음…… 다시 돌아오게 될지도 몰라. 하지만 몇 번을 거절당하더라도, 내일도 모레도 포기하지 않고 저택의 문을 두드릴 걸세. 그러니 모쪼록 내일 이후도 잘 부탁하지."

"아니요, 오늘로 마침표가 될 것 같은데요."

"……그렇게 된다면 좋겠군. 부적은 고맙게 받도록 하지. 아침 식사도 고맙게 들겠네. 만약 정말 저택으로 돌아갈 수 있다면 한동안은 이곳에서 아침을 먹을 수 없게 될 테니까."

"네. 많이 드세요."

요리가 도착했다.

따스한 한 끼.

주방에서 웃는 부부.

사이좋은 쌍둥이.

로렛타는 가족을 떠올렸다.

그것은, 그녀에게 있어 오래전 잃어버린 것.

그러나 이곳에는 가족이라는 공기가 있었다.

그 사실이 기쁘고.

잃어버린 가족이 살짝 생각나, 슬프기도 했다.

○

저녁.

로렛타는 돌아오지 않았다.

분명 무사히 다양한 문제를 해결하고 새로운 귀족 가주로서 열심히 일할 것이다. 알렉은 그렇게 생각했다.

오랜만에 식당은 아무도 없었다.

저녁 햇살이 스며들면서 한쪽 벽면이 저녁노을로 물들었다.

알렉은 테이블 석에서 두루마리를 읽고 있었다.

바이론 올브라이트가 그에게 준 '잿빛'과 관련된 자료였다.

굉장한 실력의 암살자라는 둥.

사실은 3인조라는 둥.

백 년 전부터 활동을 해왔다는 둥.

과장이 뒤섞인 소문이 부끄러울 정도로 가득 나열되어 있었다.

읽고 있던 알렉의 얼굴이 달아오를 정도였다.

"진실을 숨기려면 거짓 속에……라고는 하지만 이건 해도 너무한 거짓말뿐이네."

'잿빛'과 관련된 정보를 모아둔 두루마리를, 그는 그렇게 평가했다.

……그러나, 드문드문 진실에 가까운 이야기가 섞여 있는 것도

분명했다.

얼른 정리하지 않으면 흑역사가 끝도 없이 번질 판이다. 알렉은 그렇게 생각했다.

두루마리를 정리하고 몸을 일으켰다.

이제 곧 목욕 시간이었다.

목욕 준비는 알렉의 업무였다.

요미도 못하는 건 아니지만 그녀는 요리를 주로 담당했다.

부부가 함께 균등하게 업무를. 그것이 이 여관을 시작할 당시 나눈 약속이었다.

그러나 그 전에.

아무도 없는 식당을 보고 있자니 로렛타가 처음으로 왔던 날이 생각났다.

그녀는 모험가로서 처음에 세운 목표를 달성하고 졸업했다.

좋은 일이었다.

기분이 나쁠 리가 없었다.

그러나 이 여관을 나서는 모험가의 뒷모습은 쓸쓸하게 느껴지기도 했다.

결코 피할 수 없는 시간의 흐름이 느껴졌다.

어렸던 아이가 여행을 경험하면 차츰 성장해 마침내 자신과 나란히 서는 여성이 되었던 것처럼.

아기 때 지독한 주인에게 팔릴 뻔했던 쌍둥이 노예가 자신들이 거둬 키우는 동안 어느새 여관 일을 거들 정도로 훌쩍 큰 것처럼.

현재에 불만이 있는 건 아니었다.

그래도 거스를 수 없는 과거를 생각하면 항상 가슴이 조여드는 것만 같았다.

나이를 먹었나. 알렉이 웃었다.

그리고 이번에야말로 목욕 준비를 하러 정원으로 향하다가────.

똑똑, 여관 문을 두드리는 소리가 들려왔다.

어울리지 않는 감상에 젖어 있던 탓인지 인기척을 탐지하는 게 늦어졌다.

알렉은 허둥지둥 자신의 몸가짐을 체크하고 여관 문을 열었다.

그러자 문 너머에 로렛타가 있었다.

"……잘, 오셨네요. 무슨 일이세요?"

알렉은 놀라움을 감추지 못했다.

로렛타는 수줍게 웃었다.

"정말 민망하지만, 사실은 숙부가 자신이 저지른 일을 전부 고백했네."

"아, 그럼 잘 해결된 게 아닌가요?"

"그 때문에 왕국의 조사단이 저택에 들어와서 여러모로 조사를 하고 있지. 한동안 집에 있을 수 없을 정도로 엄격한 조사라더군."

"……숙부는 꽤 여러 방면에서 나쁜 짓을 저지른 모양이네요."

"그런 모양이다. 친족으로서 민망하기 짝이 없어. ……그런 연유로, 오늘 밤도 잘 곳이 없게 되었다."

"……."

"그리고, 역시 여기 목욕물을 잊을 수가 없었거든."

"……."

"그래서 말인데, 어떨까. 조금만 더 머물러도 되겠나?"

로렛타는 민망한 듯 미소 지었다.

웃을 수밖에 없다. 그런 태도였다.

알렉도 그녀를 마주 보며 웃었다.

손님이 찾아온 것이다.

여관의 점주로서 환영하지 않을 리 없었다.

"이용해 주셔서 감사합니다. '은 여우 여관' 에 오신 걸 환영합니다."

그녀를 맞아들였다.

시간의 흐름은 돌아오지 않는다.

신출내기 모험가가 수행을 거듭해 신출내기를 졸업하는 건 좋은 일이다.

그러나──가끔은 되돌아오는 것도 좋을지도.

알렉은 로렛타를 방으로 안내하면서 그렇게 생각했다.

'여우'라고 불리는 흉악한 범죄자가 있는 모양이다.

헌병 대대장의 집에서 자란 고아 모린은 자신을 길러 준 부모를 돕고자 '여우'를 찾아 마을을 헤맸다.

그때, 눈에 들어온 '은 여우 여관'이라는 수상한 여관.

조사해 볼 가치가 있다 싶어 들어선 그곳에서,

모린은 두렵기 짝이 없는 사람을 알게 된다.

"'은 여우 여관'에 오신 걸 환영합니다. 저는 주인인 알렉산더입니다. 알렉이든 알렉스든, 편하신 대로 불러 주세요."

이 인물이 '여우'는 아닐까 의심한 모린은 그가 제안한 '수행'에 참가하게 되었다.

무슨 일이 있더라도 견뎌 내리라. 반드시 강해져서 '여우'의 꼬리를 잡고 자신을 키워 준 앤로지의 집으로 돌아가리라.

그렇게 맹세하고 그가 지도하는 수행에 도전했지만…….

2장

모린의 『저택』 침입

수기 발췌.

——조사 1일째.

'은 여우 여관' 이라는 목표의 아지트에 침입하는 날이 찾아왔다.

여관으로 위장하고 있지만 도적단이 아지트를 위장하는 건 자연스러운 일이다.

좀처럼 꼬리를 드러내지 않는 '여우' 의 꼬리를 붙잡기 위해서 잠입 조사를 진행하기로 했다.

'여우' 는 개인인지 단체인지조차 확실하지 않을 정도로 정체를 파악하기 어려운 대악당이다.

당연하지만 위험한 임무였다.

살아서 돌아올 수 없을지도 모른다.

그러나 '여우' 의 범죄로 괴로움을 겪는 사람이 더는 생겨나지 않도록 하기 위해서도 반드시 해야만 하는 일이다.

그렇기에 혹여나 내가 뜻을 이루지 못하고 쓰러질 때를 대비해 이 수기를 남긴다.

부디, 내 사후에 누군가 이 수기를 발견한다면 헌병단의 제2 대대장인 앤로지 님께 이 수기를 전해 주길 바란다.

수기의 필자, 모린이 간곡히 부탁하는 바이다.

──조사 2일째.

여관 잠입에 성공했다.

손님이라고 말하니 선뜻 숙박을 허가받았다.

가격도 양심적이었다. 남몰래 상상도 못 할 흉악 범죄를 저지르는 도적단의 아지트로는 보이지 않았다.

그러나 속아서는 안 될 일이다.

남몰래 흉악한 일을 거듭하고 있을 테니 표면적으로는 친절한 얼굴을 가장하고 있는 거겠지.

이제 막 조사를 시작했을 뿐이다.

얼마간은 아무 일도 없는 날이 이어질지도 모른다.

그러나 인내심을 갖고 내가 알아낸 것들을 기록하고자 한다.

──조사 3일째.

나는, 이제 틀렸을지도 모른다.

남몰래 어떤 흉악한 범죄를 저지르고 있다 하더라도…….

이곳 자체는 상냥한 부부가 경영하는 건전한 여관이라고 생각했다.

안이했다.

이곳은 사람을 타락으로 이끄는 금단의 공간이었다.

우선, 침대가 지나치게 안락하다.

다음으로 목욕탕이 이상하다.

커다란 흙벽에 뜨거운 물을 가득 담아 몸을 담근다.

귀족님들이나 경험할 법한 이런 목욕을, 허름한 여관에서 맛볼 줄은 꿈에도 몰랐다.

더군다나 밥도 맛있다.

왕도에서도 이곳 여관에서만 먹을 수 있는 '간장 라면'이라는 요리가 특히나 맛있었다.

독특한 풍미의 구불구불한 파스타에 수프를 끼얹어서 먹는다.

크게 자른 고기를 고명으로 올렸는데 이게 특히 대단했다.

크기는 크지만 입안에서 녹아내릴 듯이 부드러웠다.

씹을 때마다 넘쳐흐르는 수프가 풍부한 맛을 냈다.

이 여관은 어딘가 이상하다.

식사도 서비스도 지나치게 좋았다.

나는 조사를 겸해 이 여관의 서비스에 숨겨진 수수께끼를 파헤치기로 했다.

분명 '여우'와 관련된 정보에 도달할 수 있으리라.

──조사 4일째.

조사를 이어가던 중 점주가 늦은 밤 매일같이 어딘가로 사라진다는 걸 깨달았다.

방에 머무는 기척도 아니었다.

외출이라도 하는 걸까?

물론, 점주가 밤에 외출해서는 안 된다는 법도는 없다.

그러나 도통 무슨 생각을 하는지 알 수 없는 남자다.

아마 외출하는 데에는 어떤 비밀스러운 이유가 있는 거겠지.

요리에 사용할 미지의 식재료를 손에 넣기 위한 암시장이 존재하는 것이다.

그 '차슈'라고 하는 고기의 비밀을 알기 위해 그를 추적하기로 마음먹었다.

4일째 추적기.

이날 밤은 점주를 발견할 수 없었다.

점주가 문을 나선 뒤 잠시 틈을 두고 추적에 나섰지만 발견할 수 없었다.

이 주변은 골목이 엉켜 길이 복잡하게 꼬인 탓에 놓쳐 버린 것이리라.

기회는 다시 찾아올 것이다.

다음에는 미리 지나갈 법한 루트를 조사한 뒤에 임하고자 한다.

──조사 5일째.

이 여관은 신출내기 모험가 육성이라는 명목으로 수행을 실시하는 모양이다.

나도 점주의 행동 패턴을 관찰하고자 그로부터 수행을 받아 보기로 했다.

아무래도 '은 여우 여관'은 신출내기 모험가 육성에 힘을 기울이고 있는 모양이었다.

어쩌면 그런 명분으로 새로운 도적 단원을 물색하고 있는지도 모른다.

차슈의 입수 경로도 신경이 쓰이지만 '여우'의 전모로 이어지는 조사도 중대한 일이다.

이곳에서 수행한 사람 모두가 그 내용을 밝히지 않는 것도 신경이 쓰였다.

다만 힘겨운 훈련이라는 것만은 전해 들었다.

그러나 나는 어느 정도 군사 훈련을 받은 몸.

이렇게 말하긴 미안하지만 신출내기 모험가와는 시작점부터가 다르다.

수행을 마치면 그 내용을 기술할 예정이다.

그렇게 되면 도적단과 이어지는 결정적인 증거를 발견할 수 있을지도 모른다.

5일째, 추적기.

내게는 그 지독하기 짝이 없는 수행을 형용할 만한 어휘가 없다.

두 번 다시 생각하고 싶지 않은, 지독한, 그 어떤 단어를 사용해도 타인에게 내용을 제대로 전달할 수 없는, 수행이라고 불러서는 안 될 무언가를, 그럼에도 나는 어떠한 중대한 증거가 될까 싶어 힘겹게 기록해 보려 한다.

그 과정을 있는 힘을 다해 돌이켜 보려는 지금, 손이 떨려 글자를 제대로 쓸 수가 없다.

죽음이란 무엇일까.

나는 지금 정말로 살아 있는 걸까?

당시의 괴로움이, 부정할 수 없는 생생한 현실감과 함께 지금도 이 가슴에, 깊게, 깊게 남아 있다.

수행의 내용은,

콩.

(필석에 흔들림이 증가하고 그 뒤의 글자는 알아볼 수 없다.)

──조사 6일째.

당연하게, 오늘도 수행을 받게 되었다.

어쩌면 점주는 내 정체를 눈치채 고문하고 있는지도 모르겠다.

따라서 앞으로 이어지는 수기는 유언이라 생각해 주길 바란다.

나는 어떤 일이 있더라도 내가 맡은 임무에 대해 실토하지 않을 것이며, 이 수기도 여관의 종업원에게 발견되지 않도록 숨겨 보관하고 있다.

그러니 이곳에 내 비밀스러운 마음을 기록하고 싶다.

나는, 고아였던 나를 거두어 길러 주신 앤로지 님에게 크나큰 감사를 품고 있다.

그녀와는 인종이 다른데도, 차별받기 쉬운 마족인 나를 길러 주셨다.

그분은 나 외에도 갈 곳이 없는, 인간 아닌 종족들을 받아들여 주셨다.

그분의 곁을 졸업했던 형제들은 그 뒤에 다방면에서 활약하는 듯했다.

크나큰 은인인 앤로지 님.

그분이 내려 준 밀명이다.

나는 죽음을 두려워하지 않는다.

그러니 나는 숨기고 있던 속내를 이곳에 기록하기로 한다.

앤로지 님.

당신을 친어머니로 생각했습니다.

만약 제가 먼저 숨을 거두더라도 이 수기가 '여우' 체포에 하나의 단서가 된다면 더할 나위 없는 기쁨일 것입니다.

부디 제가 숨을 거둔 뒤에도, 저와 같은 환경에서 자란 자매들을 부탁드립니다.

그들은 저보다 재능도, 장래도 밝을 것입니다.

부디, 모쪼록 그들에게 밝은 미래를, 거듭 잘 부탁드립니다.

그러나 수행을 받고 나니 이런 생각이 듭니다.

죽음이란 무엇일까.

죽음을 맞이하고 나면 모든 게 끝나는 걸까.

아무래도 전 냉정하게 주변 상황을 파악할 수 없는 모양입니다.

점점 더 정신이, 이전과 같지 않다는 걸 실감합니다.

제가, 더는 저 자신이 아니게 되기 전에…….

부디 '여우'의 괴멸을 부를 정보를 손에 넣어 친애하는 앤로지 님께 전달할 수 있기를 진심으로 기원합니다.

──조사 7일째.

멋진 문이 열렸습니다. 두려워할 일은 아무것도 없었습니다. 저는 사람의 가능성을 깨닫게 되었습니다. 공포를 지우는 것만으로도 사람은 몇 배나 강해질 수 있습니다. 불가능하다고 생각했던 일은 불가능이 아니었던 겁니다. 지금 생각해 보면 어린 시절, 아무 생각 없이 이 나무에서 저 나무, 옥상에서 옥상으로 뛰어다니는 위험한 장난을 했지요. 지금은 임무가 아니고서야 그런 행동은 하지 않습니다. 신체 능력은 어린아이였을 때보다 더 증가했는데도 말입니다. 그렇다면 왜, 인간은 성인이 되고 신체 능력이 성장했는데도 행동 범위가 좁아지는가? 그 모든 원인은 두려움 때문입니다. 상처 입는 걸 두려워하기 때문입니다. 죽음에 이르는 걸기피하기 때문입니다. 체면, 허세와 같은 정신적인 족쇄가 있기 때문입니다. 그러나 살아간다는 건 죽음을 넘는 것입니다. 공포로 가능성을 좁히는 건 무척 아까운 일이었습니다. 저는 깨달았습니다. 지금의 저에게는 세계가 이전보다 넓게 보입니다. 얼마나 대단한 계몽인가요. 그는 대단한 분이었습니다. 처음에는 두려워했지만 지금의 저는 그에게 진심으로 감사하며 존경하고 있습니다. 아버지와 다름없이 연모하고 있습니다. 아니요, 그는 저를 다시 태어나게 해 주셨습니다. 아버지나 다름없는 게 아니라 그야말로 아버지였습니다. 존경하는 아버지. 경외하는 게 당연한 아버지. 그는 올바른 분이셨습니다. 악행을 저지르는 사람이 아니었던 것입니다. 아니요, 그가 행하는 모든 일은 정의입니다. 이렇게 그를 숭배하고 받들어 모시기 위해서, 수기를 적어 내려가는 동안에도 저는 끊임없이 눈물을 흘리고 있습니다. 지금 이 순간에도 그분의 위대함을 떠올리면 손이 떨립니다. 온몸이 떨립니다. 떨림이, 떨림이, 잦아들 줄을 모릅니다.

(무서워, 살려 줘 같은 글자가 휘갈기듯 구석에 작게 적혀 있다.)

──조사 8일째.

오늘은 아무 일도 없는, 멋진 하루였습니다.

──조사 9일째.

쾌적한 침대에서 잠들고 쾌적한 침대에서 일어났습니다.

커다란 거울을 보며 차림을 정돈합니다.

틀림없이 왕도의 누구도 먹어 본 적이 없을, 신기하고 맛있는 밥을 먹었습니다.

저녁에는 커다란 목욕탕에서 온몸을 뜨거운 물에 담글 수 있습니다.

그리고 기분 좋은 침대에서 잡니다.

행복합니다.

──조사 10일째.

뭔가 중요한 일을 잊어버린 것 같은 느낌에 수기를 다시 읽어 보았습니다.

그러자 두렵기 짝이 없는 사실을 깨달았습니다.

아무래도 저는 이 여관에 알렉 님의 비밀을 파헤치기 위해서 잠입했던 모양입니다.

말도 안 되는 일입니다.

비록 아무것도 몰랐다고 하지만 이토록 어리석고 겁 없는 생각을 품었던 것일까요.

그러니 이 수기를 알렉 님께 드리기로 마음먹었습니다.

다정한 분이시니 분명, 과거의 제가 품었던 어리석은 생각도 용서해 주시겠지요.

용서해 주세요.

제발.

부디 이 수기를 본 알렉 님이 만에 하나라도 노하시지 않았으면 하는 바람을 담아.

○

밤.

여관, 종업원의 침실.

커다란 침대가 한가운데에 놓인 어딘가 허름한 방에서 알렉은 모린에게 건네받은 수기를 읽고 있었다.

맞은편에는 모린이 있었다.

긴 머리카락을 뒤로 묶은 소녀였다.

다른 것보다도 가장 먼저 새하얀 머리카락이 시선을 붙들었다.

다음으로 시선이 이동하는 곳은 그보다 더 하얀 피부였다.

비유가 아니라 문자 그대로 새하얀 피부.

지나칠 정도로 단정한 생김새, 좌우로 색이 다른 눈동자와 어우러져 그녀를 한층 환상적으로 꾸며 주고 있었다.

긴 망토에 원피스라는, 평균보다 다소 패션 감각이 모자란 복장만 아니었다면 정령 혹은 천사인가 싶을 정도의 미녀였다.

그런 그녀는 신을 모시는 무녀처럼, 알렉의 맞은편에서 한쪽 무릎을 바닥에 대고 고개를 숙였다.

타악. 가벼운 소리가 들렸다.

알렉이 수기를 덮은 것이다.

모린이 고개를 들었다.

그리고 간청했다.

"알렉 님, 부디, 과거의 제가 저지른 어리석은 행위를 용서해 주세요."

"멋대로 여관의 베개를 잘라서 안에 뭘 넣었나 싶었더니, 이런 물건을 보관하고 있었네요."

그는 혀를 내둘렀다.

그의 반응에 모린은 긴장을 감추지 못했다.

"용서해 주세요. 제발, 제발, 너그러이 봐주세요……."

"뭘 쓰든 간에 그건 손님의 자유이고, 설령 비품인 베개를 허락 없이 찢었더라도 여관을 청소할 때 교환하면 마무리될 일인데요. 물론 고의로 여관의 물건을 망가뜨리지 않도록 주의를 요청하긴 하겠죠."

"용서해 주시는 건가요?"

"아, 네, 그런 셈이죠."

"역시 깊이를 알 수 없는 자비로움……. 저는 좀 전과 마찬가지로 떨림이 잦아들지를 않아요."

"그렇군요. 치와와가 이랬나 싶을 정도로 부들부들 떨고 있네요……."

"치와와?"

"털이 하얀 개입니다. 제가 원래 있던 세계에 있었죠."

"그런가요? 하얀 털에 개처럼 순종하며 떠는 존재. 그건 다시 말해 절 가리키는 말이네요."

"아니, 비유가 아니라 개 이야기를 했을 뿐인데요."

"알겠어요. 앞으로 저는 알렉 님의 신탁에 따라 자신을 치와와라고 부르겠어요."

"부르지 않아도 됩니다."

"부디 알렉 님, 치와와의 어리석은 과거를 용서해 주세요."

모린은 깊이 고개를 숙였다.

덕분에 그녀는 진심으로 곤란한 알렉의 얼굴을 볼 수 없었다.

"······어쨌든, 비품을 함부로 개조하면 안 됩니다. 그리고 이 여관은 일단 모험가 전문으로 받아들이니 던전 공략이 목적이 아니고, 갈 곳이 있다면 돌아가세요."

"아, 아니요. 저기, 모험가인 건 진짜예요."

"무슨 뜻이죠? 밀명을 받고 절 조사하러 왔다는 느낌이던데요? 수기에도 분명 앤로지 씨라는 분의 밀명을 받았다고 적혀 있는데······."

"······사실 밀명은 받은 적이 없어요."

"그게 무슨 말이죠?"

"밀명은 받지 않았지만, 말이 아닌 다른 방식으로 밀명과 같은 걸 부여받았다고 믿고 싶은 마음이 있었다고 말씀드릴 수 있겠네요······."

"응?"

"이전까지 머물렀던 저택에서, 주인이신 앤로지 님으로부터 쫓겨나게 되어서요."

"……."

"던전 하나를 제패할 때까지는 돌아오지 말라고."

"……하아."

"처음엔 제게 밀정 임무를 맡겨 주셨지만, 그, 일처리가 그다지 좋지 못해서요……. 더는 임무를 맡길 수가 없다며 쫓겨나고 말았던 거예요."

"그렇군요."

"제 모자람이 부른 결과이니 쫓겨나도 어쩔 수 없지요. 그렇지만 앤로지 님의 저택에는 자매나 다름없는 아인이 많았기에 그 애들을 다시 만나고 싶어서, 적어도 종종 저택에 돌아갈 수 있었으면 하는 마음에……."

"아인, 인가요?"

"……네. 아인이에요……. 저와 같은, 인간이 아닌 종족을 아인이라고 부르지요?"

"그렇게 부르지 않는 건 아니지만…… 다소 차별적인 표현이 아닌가요?"

"앤로지 님께는 그런 말씀을 듣지 못했습니다만."

"……일단, 그렇네요. 그래서요?"

"네……. 던전 제패를 하려면 몇 년이 걸릴지 알 수 없는 일이잖아요? 그러니 손쉽게 공을 세워서 앤로지 님의 저택으로 돌아가고 싶다는 생각에 '여우'를 찾으려고……."

던전 제패는 어려운 일이다.

제 몫을 한다 싶은 모험가도 5년.

그 '제 몫을 하는 모험가' 중에서도 던전 제패를 할 수 있는 건 극히 소수에 불과했다.

모린은 치와와 같은 눈으로 알렉을 올려보았다.

알렉이 웃었다.

"좋아요. 사정은 알겠습니다. 다시 말해서, 던전을 하나라도 제패하면 돌아가도 된다는 말이네요."

"그건……."

"아닌가요?"

"……아니요. 분명 그럴 거예요. 앤로지 님은 분명히, 던전을 제패하기만 한다면 다시 저를 받아 주실 거예요."

모린은 고개를 숙였다.

그녀에게는 어딘가 마음에 걸리는 일이 있는 듯했다.

그러나 알렉은 말을 이었다.

평소처럼, 미소를 머금고.

"그렇다면 내일부터 수행을 이어가기로 하죠. 괜찮아요. 여기서 수행만 해내면 던전 제패는 금방이에요."

"가가가가가감사하하하하하합니니다아아아아."

"왜 그러시죠? 떨고 계신데요……."

"아아아무것도 아니에요! 이건, 이건, 기쁨, 분명 기쁨입니다."

"그래요? 수많은 손님을 상대로 수행을 진행했지만 이렇게까지 기뻐하는 분은 처음이네요. 좋아요, 덕분에 의욕이 생기는데요."

"저, 저도 기뻐요! 정말 기뻐요!"

모린은 울고 있었다.

미소를 지어 보려 했시만 뺨이 얼어붙은 채로 눈물을 흘리고 있었다.

알렉은 여전히 웃고 있었다.

"지구력과 HP를 올렸으니 내일부터는 공격력을 올려 보죠."

"기대돼서 잠이 안 올 것 같아요! 감당하기, 어려울 정도로, 기대가, 솟구쳐서, 어쩐지 구토할 것만 같아요!"

"흥분이 지나쳐서 구토를 한다는 것도 개 같네요……. 이런, 손님을 상대로 실례가 되는 표현을 했네요."

"실례라니! 그렇지 않아요! 알렉 님이 개가 되라고 말씀하신다면 저는 기쁘게 개가 되겠어요! 멍멍!"

"아니, 그런 일로 기뻐하셔도 뭐한데요……."

"지금부터 내일 일을 생각하니 떨림과 눈물이 잦아들 줄을 모르네요!"

"그렇게 기대되시나요? 수분 보급에 신경을 써 주세요. 울다가 탈수에 빠지겠다 싶을 정도로 오열하고 계시니……."

"자애로운 말씀, 감사합니다!"

모린이 고개를 숙였다.

알렉은 쓴웃음을 지었다.

"그럼, 내일 할 수행 말인데요……."

"듣고 싶지 않은걸요……."

"그런가요? 그럼 현지에 도착한 뒤의 즐거움으로 남겨놓을까요?"

"아아! 그렇지 않아요! 꼭 말씀해 주세요! 미리 듣는 게 차라리 덜 무서…… 아니! 즐거움이 배가 될 테니까요!"

"그렇게까지 큰 기대를 보이시니 저도 보람이 있네요. ……최근 왔던 손님은 제 수행을 무슨 고문이라도 되는 것처럼 말씀하셔서……."

"손님은 항상 옳지요."

"네? ……아, 그러고 보니 수기에도 고문이라는 말이 있었던 것 같은데……."

"아니, 아니에요! 잘못 보셨지 싶어요!"

"그런가요? 음, 그럼 내일 수행은…… 모린 씨는 마술사인 것 같으니 마력을 올리도록 하죠."

"……마술사? 제가요?"

모린은 자신을 살펴보았다.

숲의 풍경에 녹아들어서 사냥감을 기다리기 위한 망토 차림.

……지금 이 자리에는 없지만 방에는 활이 놓여 있었다.

철이 들 무렵에는 이미 궁사로서 자랐다.

그러니 고개를 갸웃했지만.

알렉도 마찬가지로 고개를 갸웃하고 있었다.

"그런데요? 스테이터스를 보면 아무리 봐도 마술계가 맞아요. 본래 민첩성과 완력이 아주 낮고 지구력과 HP 증가 효율도 나쁜 걸 보면 후방에서 마술을 발사하는 공격 마술사가 적성이에요."

"……궁사가 아니라요? 철들 무렵부터 계속 활을 쥐고 있었는데요."

"모린 씨는 궁사에는 가장 적성이 없어 보이는데요……."

"네? 그렇게까지 안 맞나요?"

"모린 씨의 재능이라면 아마 평범한 어린아이가 더 잘 쏘지 않을까요? 피를 토하는 수행을 해야 겨우 고정된 표적 반경 1미터 안에 아슬아슬하게 활을 꽂아 넣을 정도 될까요? DEX 수치가 심상치 않을 정도로 낮거든요."

"아무래도 저는 지금 큰 혼란에 빠진 것 같네요."

"어쨌든 그래요. 그 방면으로 대성하고 싶다면야 조정을 해 보겠지만…… 아마도, 다른 분들과 비교해서 무척 괴로운 수행이 되지 않을까──."

"그래요, 저는 마술사였던 거예요! 철이 들 무렵부터 내내 궁사로 위장해 왔지만 사실은 마술사였던 거예요! 멋지게 간파하셨어요! 역시 대단하신걸요!"

모린이 박수를 쳤다.

알렉은 고개를 갸웃했다.

"어, 그럼 일단 마술사 수행을 진행해도 될까요?"

"알렉 님이 원하신다면!"

"아, 제 의사에 맡기시는군요. 감사합니다. 그럼 내일의 수행은 먼저 간단한 것부터 시작해 볼까요. 손님께서는 주문을 단 하나도 습득하지 않으신 것 같고."

"……어떻게 그런 걸 알 수 있으세요?"

"네? 특기란을 열람했을 뿐인데요."

"특기란?"

"……아, 네. 아니, 아무것도 아닙니다. 일단은 좋아요. 그럼 내일은 초급부터 중급까지 주문을 단숨에 기억하기로 하죠."

"저기, 저, 그렇게까지 기억력이 좋지는 않은데요."

"괜찮아요. 몸으로 배우게 될 테니까."

"네?"

"제가 마법을 쏠 테니 상성 좋은 마법을 시전해서 상쇄하면 됩니다."

"……상성 좋은 마법으로 마법을 상쇄해요?"

"속성이라는 개념도 내일 설명하겠지만…… 괜찮아요. 저는 힘 조절에 서툴지만 마력 조정만큼은 특기이니까요. 옛날에 아내에게 마법을 가르치고자 배웠지요."

"아, 네……."

"그러니 제대로 상성 좋은 속성의 마법을 영창한다면 상쇄할 수 있는 아슬아슬한 수준의 강도로 모린 씨에게 마술 공격을 해 볼게요. 그러면 모린 씨는 그걸 지우면 됩니다."

"저기, 잠시 저 혼란에 빠졌는데요……. 만약 지우는 걸 실패하면 어떻게 되는 건가요?"

"죽겠지요."

알렉은 미소를 머금은 채로 별일 아니라는 듯이 말했다.

모린은 떨림이 잦아드는 걸 느꼈다.

진정한 공포를 느끼자 몸이 떠는 것조차 거부하게 된 것이다.

뱃속 깊은 곳이 얼음이 든 것처럼 차게 식어 갔다.

메마른 목으로, 모린은 가까스로 목소리를 쥐어짰다.

"주, 죽고 싶지, 아, 않, 않아요."

"아하하. 이제 와서 무슨 그런 말씀을 하세요. 농담은 그쯤 하시죠. 자, 절벽에서 뛰어내리는 수행을 다시 생각해 보세요. 모린 씨는 죽음을 극복했을 텐데요. 그리고——."

그가 웃었다.

알렉은 여전히 부드러운 분위기를 두른 채 옅은 미소를 머금고 있었다.

"——죽더라도 로드하면 되잖아요?"

마치 지극히 당연하다는 듯이.

구김살 없는 태도로 그렇게 말했다.

○

다음 날 아침.

수행을 위해 '현지'로 향했다.

본래 던전이었을 법한 동굴이었다.

에메랄드빛으로 빛나는 돌벽.

빛이 없는데도 내부가 희미하게 빛나서, 앞을 보는 데에도 문제될 게 없었다.

"이곳은 예전에 제가 제패했던 던전 중 하나로, 마력을 흡수하는 바위가 있지요."

알렉이 말했다.

'예전에 재패했던' 까지는 상관없지만 '제패했던 던전 중 하나'라는 건 어찌 된 일인가.

평생에 두세 개나 되는 던전을 제패할 수 있는 사람이 존재하는 걸까.

모린은 이제 상식이 무너지는 것만 같았다.

두 사람은 아름다운 공간에서 서로를 마주 보고 섰다.

동굴 내부에는 뻥 뚫린, 어딘가 인공적인 넓이의 돔형 공간이 있었다.

모린은 주변의 아름다움에 시선을 빼앗겼다.

어쩌면 그것은 현실도피였을지도 모른다.

그러나──도망칠 수는 없었다.

수행은 벌써 시작된 참이었다.

그럼에도 모린은 일단 말을 붙여보았다.

"저기, 저, 배가 아플지도 모르니 오늘 수행은 쉴 순 없을까요?"

"이런, 몸 상태가 불편하신 모양이네요. 어쩔 수 없지요."

"네?! 쉴 수 있는 거예요?!"

"아니요, 일단 죽는 게 어떨까요. 몸도 회복하실 겸."

"건강해요! 저는 지극히 건강하답니다!"

'이 약을 드세요' 라는 느낌으로 죽으라는 말을 들었다.

모린은 체념에 빠졌다.

──이제 도망칠 수 없어.

"괜찮아요? 그럼 세이브 포인트를 불러내죠."

어렴풋이 빛나는, 가볍게 허공을 떠도는 구체가 나타났다.

모린은 생기를 잃어버린 눈으로 "세이브합니다."라는 말을 읊었다.

현시점에서 세이브를 하지 않겠다고 떼를 쓰는 방법도 고민해봤지만⋯⋯.

그 경우, 어떤 공포스러운 수단으로 세이브를 강요당할지 모른다는 불안감에 일단 포기하기로 했다.

"그럼, 설명을 시작하려는데⋯⋯ 몸이 점점 무거워지는 게 느껴지나요?"

"⋯⋯확실히 무겁게 느껴져요."

모린은 심리적인 문제인 줄로만 알았다.

그러나 일부러 묻는 걸 보면 달리 이유가 있을 것이다.

알렉이 말했다.

"좀 전에도 말했지만 이 던전을 구성하는 바위는 마력을 흡수하지요. 마도구나 사람에게서도 마찬가지로 마력을 흡수해요. 단순히 서 있기만 해도 마력을 빼앗기게 되는 던전이라, 현역일 당시에는 '마술사를 죽이는 동굴'이라고 불리기도 했지요."

"⋯⋯어, 저기, 경험한 적이 없는데 혹시 마력을 모두 흡수당하게 되면 어떻게 되는 건가요?"

"쇠약사합니다."

"⋯⋯네?"

"쇠약사하게 되죠. 마력이 제로가 된 시점부터 점점 몸에서 힘이 빠져나가고, 의욕이 사라지고, 우선 호흡이 가빠지다 끝내는 심장이 멈추면서 죽음에 이릅니다."

"그, 그건 마술사 한정인가요?"

"아니요. 마력이라는 건 사람이 활동하기 위한 필수 에너지이니 직업과는 상관이 없어요. 마력을 흡수당하면 검사이든 궁사이든 언젠가는 죽죠."

"하지만 '마술사를 죽이는 동굴'이라고."

"다른 사람보다 마력 소비가 많은 마술사는 다른 직업보다 더 쉽게 죽으니까요. 사실 마력의 총량 자체는 사람마다 차이가 없거든요. 검사도 검기를 사용하는데 검에 마력을 담거나 하니까요. 다만 가장 커다란 자연 현상을 일으키느라 연비가 가장 나쁜 마술사가 가장 먼저 죽는 법이죠."

"하지만 그렇다면 이 동굴이 아니라 다른 곳에서도 마력을 잃으면 죽는 게 아닌가요?"

"통상적으로 마력이 2할 이하로 남으면 기절하게 됩니다. 그렇게 의식을 끊음으로써 쇠약사를 피할 수 있는 거죠. 인체란 정말 대단하지 않아요?"

"그럼 여기서도 기절하면 죽지 않는 건가요?"

"이 동굴은 기절을 한 사람이든, 깨어있는 사람이든 상관없이 마력을 흡수합니다."

"……저기, 여기서 서로에게 마법을 발사하는 거지요?"

"맞아요. 모린 씨가 중급 마법을 외울 때까지 서로를 향해 마법을 발사할 거예요. 이틀 정도 걸리지 않을까요?"

"거의 자살 아닐까요?"

"아니지요. 수행이에요. 죽음이 어른거리지 않으면 외울 수가 없으니까요. 그리고 마력을 모두 빨려서 죽으면 인체가 마력이 더 필요하다는 사실을 학습해서 다음 생에서는 최대 마력량이 증가 하게 돼요. 다시 말하면 로드를 할 때마다 마력이 늘어나는 거죠. 이것 참, 일거양득 아닌가요?"

알렉이 웃고 있었다.

모린은 뺨을 따라 서늘한 무언가가 흘러내리는 걸 느꼈다.

그것은 앞으로 다가올 고난에 무너질 것만 같은 마음이 흘리는, 눈물이었다.

알렉은 다정한 얼굴로 미소를 머금고 말했다.

"덧붙이자면 속성에 대한 수업도 지금부터 진행할게요. 지금부 터."

"마력을 흡수당하면서요?"

"그렇지요. 그러니 필사적으로 외우지 않으면 몸이 쇠약해지면 서 점점 숨이 가빠지거나 다소 괴로운 상황이 계속 이어지다가 죽 음에 이를 겁니다. 모두 다 외울 때까지 계속할 거예요."

"……아, 저, 저 굉장히 좋은 아이디어가 떠올랐답니다. 목욕탕 에서 수업을 해 보는 건 어떨까요? 그럼 더 즐거울 것 같지 않으세 요?"

"아하하. 죄송해요. 아내가 있는 몸이라서. 딸…… 노예 소녀 말 고는 함께 목욕하러 들어가지 않거든요. 아내는 '바람 피우는 건 어쩔 수 없지만 진심이 되면 안 돼.' 라고 말하지만 그래도 역시 남자로서 정도를 걷고 싶다고나 할까⋯⋯. 사실은 쌍둥이를 곁에 두겠다고 결정했을 때도 한바탕 난리가 나서⋯⋯."

"이런 상황에서 느긋한 옛날이야기는 그만두지 않으실래요?! 제 목숨만이 아니라 알렉 님의 목숨도 걸려 있잖아요?!"

"아, 죄송해요. 제 목숨은 걸려 있지 않아서요."

"왜죠?!"

"제 마력을 모두 흡수당하는 것보다 제 수명이 다하는 게 더 빨라서 아닐까요?"

"⋯⋯네?"

"평범한 사람의 마력 총량은 100 정도, 단련을 해도 300 정도지만 저는 좀 수행을 심하게 해서 조 정도 되거든요. 억 다음에 오는 단위, 조."

"⋯⋯네에에?"

"그러니 제 걱정은 안 하셔도 돼요. 덧붙여 모린 씨의 마력 총량은⋯⋯ 놀라지 마세요. 수행을 않고도 150이나 되네요. 이 정도면 이 동굴에서 아무것도 안 한다는 전제하에 1시간 조금 넘게 살아 있을 수 있겠어요."

"⋯⋯."

"그럼, 마음 놓으시고 수행──이 아니라 수업을 시작할까요?"

웃었다.

이유는 모르지만 웃고 있었다.

무엇이 그리 즐거운지, 그는 내내 미소를 머금고 있었다.

모린도 웃으면 분명 즐거워질 거라는 생각에 웃어 보려 했다.

그러나 웃을 수 없었다.

굳어 버린 얼굴로 떨고 있을 뿐.

끊임없이 눈물이 흘러내렸다.

그는 한층 그녀를 궁지에 몰아넣으려는 듯 낭랑한 음성으로 말했다.

"먼저 화속성부터 가 볼까요. 모쪼록 힘내 주세요. 이쪽 세계의 속성은 여덟 가지가 있고 속성과 함께 중급 마법에는 어떤 마법이 있는지까지 한 번에 설명할게요."

모린이 힘겹게 웃었다.

그러나 그것은 메마르고 갈라진, 미소를 짓는 걸 외에 뭘 해야 좋을지 알 수가 없어서 만들어진 공허한 미소였다.

○

머리를 쓰면

마력도 소비된다.

모린이 그런 사실을 깨달을 정도의 여유가 생길 무렵에 설명이 끝났다.

불, 바람, 대지, 물.

빛과 어둠.

무, 그리고 부재(不在).

불은 바람에게 강하고, 바람은 땅에 강하고, 땅은 물에 강하고,

물은 불에 강하다.

빛과 어둠은 서로를 향해 강하다.

무에는 약점이 없지만 무에 약한 속성도 없다.

부재 속성은 '이론상 존재할 것이라 하나 누구도 실제로 관측한 적이 없는 속성'이다.

학문적인 이야기였기 때문에 그런 속성이 있다는 정도만 기억하면 된다는 모양이다.

"강약에도 여러 가지가 있지요. 불이 바람에 강하다는 건 불이 바람을 삼켜서 더욱 강해지기 때문입니다. 바람이 땅에 강한 건 땅의 영향을 조금도 받지 않기 때문이죠. 땅이 물에 강한 건 물을 받아들여서 흡수해 버리기 때문이지만 물속성에 영향을 받은 땅속성은 성질이 변하게 되죠. 물이 불에 강한 건 간단해요. 꺼 버리기 때문이죠. 잘만 하면 물을 끓이는 등의 이용법도 있겠지만요."

"네……. 네……."

"그럼 모린 씨, 오늘의 설명을 처음부터 복창해 주세요."

"……."

"모린 씨?"

"……누구 말인가요? ……저는…… 치와와……."

"……잠깐 쉴까요."

알렉이 쓴웃음을 지었다.

모린은 그가 어떻게 평소처럼 행동할 수 있는지를 이해할 수 없었다.

벌써 족히 10시간에 걸쳐 강의하고 있었다.

평범한 공부라도 피곤할 텐데 두 사람은 지금 마력을 흡수하는 동굴에서 수업을 진행하고 있다.

뇌가 부글부글 끓어서 어떤 것도 생각할 수가 없었다.

실제로 여러 번 죽었다.

죽고, 죽고, 죽고, 죽고.

생각하고 고민하면서 있는 힘을 다해 기억하려 머리를 굴리는 동안 느닷없이 훅 하고 모든 생각이 날아갔다.

죽었다가 되살아나면 그리되는 듯하다.

이 동굴에서는 머리를 굴리는 것만으로도 몸이 극도로 쇠약해졌다.

일반적으로는 그게 당연할 텐데.

어째서 알렉은 조금도 영향을 받지 않고 이야기를 이어나갈 수 있는 걸까.

강하다거나 박학다식하다거나 하는 범주가 아니었다.

어딘가 비인간적인, 무기질적인 불길함이 느껴졌다.

알렉은 빙글빙글 웃으며 모린의 맞은편에 뭔가를 내려놓았다.

"도시락을 준비했습니다. 괜찮으시면 드세요."

"……도시락……?"

"네, 도시락. 먹을거리입니다. 머리가 피곤할 때 딱 좋죠."

"아…… 잘 먹을게요…….."

그녀는 느릿느릿한 손동작으로, 알 수 없는 식물로 짠 런치박스를 열었다.

그러자 그곳에 든 건…….

"……알렉 님."

"왜 그러시죠?"

"저기, 제가 잘못 본 걸까요……? 아니, 분명 잘못 본 것일 터예요……. 뭔가 단단해 보이는, 가늘고 긴 무언가가 서로서로 얽힌, 정체를 알 수 없는 물체가 들어 있는데요. 분명 제가 피곤해서 잘못 본 거겠죠?"

"잘못 보신 게 아닙니다."

"그럼 이건 대체 무엇인가요? 쿠키의 한 종류인가요?"

"아니요. 인스턴트 라면입니다."

"……명칭을 들어도 여전히 알 수가 없는데요."

"수기를 읽어 보았더니 모린 씨는 저희 여관에서 제공하는 간장 라면이 무척 마음에 드셨던 것 같아서, 가볍게 먹을 수 있는 라면 도시락을 준비하면 기뻐하시지 않을까 싶어서 어제 만들었지요."

"이게 라면인가요?! 아, 인스턴트 '라면'!"

모린이 도시락 상자에 불쑥 얼굴을 들이밀었다.

라면과는 조금도 닮은 구석이 없는 물체다. 이것이 어떤 과정을 거치면 그 맛있는 간장 라면으로 변하게 되는 걸까.

"저기, 알렉 님, 이거, 수프가 없는걸요. 자세히 보니 파스타 면처럼 보이기는 하지만 단단해서, 풀어내려고 하면 모두 부러질 것 같아요. 무엇보다 매혹적인 챠슈가 보이지 않는데요."

"그 덩어리를 치워서 아래를 살펴봐 주세요"

"……뭔가, 낯선 무언가가……."

"'고명'과 '수프 분말'입니다."

"……어, 음."

"건조한 차슈와 뜨거운 물에 녹으면 수프가 되는 분말이 들어 있지요."

"이게요?!"

모린이 눈을 굴리며 내용물을 살폈다.

어떠한 마법적인 의식을 거치면 이것이 라면이 되는 건지 상상도 할 수 없었다.

오히려 눈앞의 이것은 그대로 먹는 것이고, 피곤에 지친 탓에 라면을 만들어 주겠다는 환각을 듣고 있는 건 아닐까? 그런 의심이 들었다.

알렉은 듣고 있으면 뇌를 통해 침투할 것만 같은 온화한 음성으로 말했다.

"모린 씨, 이해했나요? 이것은 모린 씨가 항상 드시는 라면을 제가 마법으로, 어디서든 손쉽게 먹을 수 있게 만든 겁니다. 어제 수행 이야기를 들은 뒤에 라면을 도시락으로 만들면 얼마나 기뻐할까를 고민하다 밤을 새우면서 만들었지요. 이쪽 세계 최초이자, 지금은 제가 하나하나 수작업으로 만들어야만 하는 인스턴트 라면인 셈이죠."

"철야?! 세계 최초?! 더군다나 하나밖에 없는 건가요?! 세상에, 알렉 님! 한마디마다 놀랄 만한 포인트를 두세 개씩 넣으시다니! 그러시면 제가 어떻게 반응을 해야 좋을지 망설이지 않을 수 없답니다!"

"마법에는 대단한 가능성이 있다는 사실만 기억해 주세요."

"마법에는 대단한 가능성이 있었네요!"

모린이 소리쳤다.

알렉은 만족스럽게 고개를 끄덕였다.

"그 인스턴트 라면은 끓는 물에 3분 동안 불리면 완성입니다."

"그 요리가, 겨우 그런 수고로! 이렇게 사치스러울 수가!"

"그럼 얼른 만들어 보세요."

"네! 그럼 뜨거운 물을 끓일 냄비를 주시겠어요?!"

"없습니다."

"그렇군요! 없…… 없다고요?!"

"없습니다."

"그럼, 저는 라면을 눈앞에 두고도 먹을 수 없다는 것인가요?!"

"아니요. 드실 수 있습니다."

"어떻게 말인가요?"

"방금 알려드렸을 텐데요?"

"네?"

"마법입니다."

알렉이 부드럽게 웃었다.

모린이 눈을 크게 떴다.

"저기, 무슨 말씀을 하시는 건지, 이해가, 잘…….."

"우선은 땅 마법으로 냄비를 만들어 보죠. 땅 속성의 기본인 '조형' 기술이에요."

"……."

"다음으로 불 마법과 바람 마법으로, 불을 일으킵니다. 바람 마법에 익숙해지면 불 마법만으로 하는 것보다 쉽게 화력을 제어할 수 있지요."

"……."

"그리고 물 마법을 써서 조금 전 만든 냄비에 공기 중의 수분을 모아요. 이때 주의할 점은 땅 마법의 '조형'이 불안전하면 물 마법에 반응해서 냄비에 물을 붓는 순간 진흙으로 변하기도 합니다."

"……."

"그리고 물이 끓으면 인스턴트 라면과 고명을 넣고 3분 동안 불려 주세요. 마지막으로 수프 분말을 넣고 가볍게 섞으면 완성입니다. 아, 포크는 런치박스에 있어요. 이건 제가 드리는 서비스입니다."

"……."

"자, 해 보세요."

알렉이 고개를 갸웃하며 손짓으로 시작 신호를 보냈다.

모린은 목구멍 안쪽에서 묘한 웃음이 새어 나오는 걸 느꼈다.

"에, 에헷, 에헤헤……."

"기뻐하시는 것 같아 보람이 있네요. 그럼 더더욱 즐거운 소식을 알려드릴게요."

"에헤헤?"

"오늘과 내일, 수행 중의 식사는 모두 인스턴트 라면입니다."

"에헤헤?"

"모란 씨의 몫밖에 만들지 못했지만 저는 신경 안 쓰셔도 돼요. 일주일 동안 먹고 마시지 않아도 활동할 수 있을 만큼 단련을 했으니까요. 자, 세심하게 알려드릴게요. 먼저 냄비의 '조형'입니다. 자, 마력을 집중하고."

"에헤헤."

모린이 웃었다.

알렉도 웃었다.

두 사람의 행복한 웃음소리가 동굴에 가득했다.

그러나 모린은 어쩐지 뜨거운 무언가가 솟구치는 듯한 감각을 느꼈다.

○

"저기, 알렉 님. 저는 라면이 정말 좋답니다."

모린이 앳된 목소리로 말하며 라면을 빨아들였다.

이토록 맛있는 음식은 지금껏 먹어 본 적이 없었다.

맛 자체는 평소에 먹던 간장 라면이 더 뛰어날지도 모른다.

그러나 시장이 반찬이었다.

제정신을 잃기 직전인 극한 환경 속에서 이 온기만이 그녀의 마음을 지탱하고 있기 때문일지도 모른다.

참고로 모린이 인스턴트 라면이라는 걸 처음 만나고 6시간이 지난 참이었다.

동굴 안이었기에 모린은 어느덧 시간 감각을 잊고 있었다.

그러나 알렉은 무슨 방법을 썼는지 몰라도 정확하게 시간을 파악하고 있는 듯했다.

"마음에 들어 하시니 보람이 있네요."

알렉이 웃었다.

모린은 라면을 담았던 냄비를 거의 품에 안은 채로 먹고 있었다.

지나칠 정도로 천천히 맛을 음미하느라 국물은 차게 식었고 면도 불어 있었다.

그래도 여전히 맛이 좋았다.

그리고 이 정신적인 온기에 기댈 필요가 없는 알렉을 보며 생각했다.

대단한 정신력이다.

모린은 좋은 학생은 아니었다.

라면 하나를 끓이는 데에도 시행착오가 많았다.

그러나 알렉은 인내심을 발휘했다. 스스로 하는 게 훨씬 빠를 텐데도 그녀의 곁에 서서 끈기 있게 알려 주었다.

더군다나 알렉 몫의 라면은 없었다.

아무리 본인이 괜찮다고 말했더라도 혼자서 라면을 먹고 있자니 역시 마음이 무거웠다.

배가 부르고 온기가 돌아오자 냉정함을 되찾은 모린은 인간다운 사고를 되찾기 시작했다.

"아, 알렉 님, 정말 안 드세요?"

"괜찮아요."

"하지만 저만 먹고 있자니 너무나 송구하여서……."

"……그렇군요. 사실은 그렇게 말씀하실 때를 대비해서 일단은 형식적이나마 함께 식사할 수 있도록 준비해 온 게 있지요."

"어머, 그러셨나요?"

"네, 이겁니다."

알렉이 주머니에서 무언가를 꺼냈다.

……그것은 몇 번을 다시 살펴보아도.

"저, 저기, 알렉 님, 송구하지만 그것은 나무뿌리로밖에 안 보이는걸요."

"나무뿌리인데요? 사실은 이곳에 오기 전에 밖에서 잠시 빌려왔지요."

"어, 음…… 혹시 제가 잘 모르는 것인가요? 나무뿌리는 음식이 아닌 줄로 알았답니다."

"맞아요. 때때로 한방약에 사용되기도 한다는데…… 어쨌든 먹는 건 아닙니다."

"나무뿌리네요."

"나무뿌리입니다."

"……드실 건가요?"

"갉아먹으면 맛이 배어 나와요."

"맛있나요?"

"나무뿌리입니다."

"정말 먹을 수 있는 건가요?"

"갉아서 먹지요."

"삼킬 수는 있나요?"

"열심히 갉으면요."

"배가 차나요?"

"안 차지요. 영양도 없을 테니까요."

"아, 저기……."

"네?"

"……죄송해요. 그건 식사가 될 수 없을 거 같은데요."

"그렇지요."

"그럼 왜, 나무뿌리를 드시나요?"

"모린 씨가 식사로 고생하고 있는데 제가 같은 고생을 하지 않을 수는 없으니까요."

알렉이 선선히 대답했다.

모린은 고개를 갸웃했다.

"왜 그렇지요? 알렉 님의 역할은 제 스승이지요?"

"그렇지요."

"스승이란 제자를 감독하고 지도하는 존재이지요? 저로서는 굳이 같은 고생을 할 필요는 없지 않을까 싶은데요……."

"하지만 모린 씨가 인스턴트 라면을 만드느라 고생하는 모습을 보면서 제가 우아하게 점심을 먹는다면 어떻게 보였을까요?"

"아마도, 살의가 솟구치는 광경이었겠네요."

"바로 그겁니다. 그래서 저는 가능한 모린 씨와 고락을 함께하기로 했지요. 모린 씨가 식사 문제로 고생한다면 저도 식사로 어려움을 겪는 거예요. 모린 씨가 마법 문제로 고생한다면 저도 마법과 관련해 고생을 하지요. 모린 씨가 잠들지 못한다면 저도 잠들 수 없어요. ……뭐, 모린 씨가 죽어 있는 동안에도 저는 세이브 포인트를 감시해야 하니 살아 있어야겠지만요."

그가 옅게 웃었다.

그리고.

"이건 첫 제자── 지금의 아내를 교육할 때부터 세운 규칙이 죠. 비슷한 정도로 고생을 하고 비슷한 정도의 작업을 한다. 가르 치는 입장과 가르침을 받는 입장에 있지만 위아래가 아닌 대등한 관계. 변하지 않는 제 수행 방침인 셈이죠."

그 말을 듣고──.

모린은 지금껏 느껴본 적 없는 감정에 온몸이 떨렸다.

"알렉 님."

"네."

"……알렉 님은 절 내쫓지 않으시겠지요?"

"무슨 말씀이죠?"

"저는 배우는 게 느려 스승인 앤로지 님은 늘 혀를 내두르기 일 쑤였어요. 바로 며칠 전에는 결국 저를 포기하셨고……."

"……."

"알렉 님은 그런 모자란 저를 감싸 주시네요. 진도가 느린 저와 함께하느라 하지 않아도 될 고생까지 감수하시면서."

"다양한 고행을 견딜 수 있게 되었죠. 저는 제법 많이 죽어 봤거 든요."

"저는 분명 앞으로도 많은 실패를 거듭하고, 뛰어난 분이라면 가 본 적이 없는 먼 길을 돌아가게 될 텐데…… 그래도 저를 감싸 주시는 건가요?"

"물론이죠. 그리고 진도가 느린 건 저도 마찬가지입니다. 잘 풀리지 않았기 때문에 반복하고, 죽고 또 죽으며 단련하고 배워나갔던 거죠."

"……전 지금껏 성실하지 못했어요. 수행이 괴로워 절망에 빠져서 제정신을 잃을 뻔하고…… 하지만 이제 각오가 섰답니다. 알렉 님의 수행을 통해서 훌륭한 마술사가 되겠노라 맹세할 수 있을 것 같아요."

"좋은 일이네요."

"……다음 수행을 진행할 수 있을까요? 저, 태어나서 처음으로 의욕이 넘친답니다."

"무척 좋은 일이네요. 그럼 다음 수행으로 이동해 볼까요."

"네!"

남은 라면을 단숨에 먹어치우고 자리에서 몸을 일으켰다.

사실 그녀는 지금 이런 적이 없었다 싶을 정도로 온몸에 기력이 차오르는 걸 느끼고 있었다.

앞으로 어떤 수행이 닥친다 해도 견뎌내리라.

새롭게 결의를 다지며 알렉을 향해 물었다.

"다음엔 어떠한 수행인가요?!"

"기뻐하세요. 이 동굴에서 진행되는 마지막 수행입니다."

"와아, 미처 깨닫지 못했는데 그동안에 많은 진전이 있었네요?!"

"그렇죠. 드디어 도착했습니다. 여기부터는 수업과 휴식을 마무리하고 이전에 말씀드렸던 수행을 시작하죠."

"이전에 말한 수행……인가요? 어, 그건 지금까지 해 온 것과는 또 다른 수행일까요?"

"그렇지요. 지금부터 제가 쏘아낸 마법을 상성이 좋은 마법으로 지우는 수행을 합니다."

"네, 네, 이해했답니다."

모린은 다소 겁을 먹기는 했지만 금세 기합을 다졌다.

속성의 상성은 라면을 만드는 과정에서 가까스로 기억할 수 있었다.

주문도, 라면을 만드는 과정에서 시행착오를 겪으며 몸으로 기억하고 있었다.

분명, 마법을 본 순간 반응할 수 있을 것이다.

바람에는 불.

불에는 물.

물에는 땅.

땅에는 바람.

완벽하게 기억하고 있었다.

마술사는 결국 한 번에 하나의 마법밖에 구사할 수 없다.

무엇이든 반사 신경으로 대응할 수 있으리라.

나머지는 어느 정도 규모의 출력을 낼 수 있을까 하는 문제다.

"······좋아요. 언제든 와 주세요!"

"그러지요. 그럼 두 개부터 가 볼게요."

"······네?"

모린은 고개를 갸웃했다.

그는 미소를 머금은 채로 말했다.

"두 종류의 마법을 동시에 발동할 테니 두 개를 동시에 지울 수 있는 마법을 영창해 주세요."

"아, 저, 저기."

예를 들어 바람과 불이 동시에 나온다면 어떻게 대응해야 할까?

땅과 물의 경우에는?

모린은 큰 혼란에 빠졌다.

"저기, 알렉 님, 그 수행은 제게 좀 빠른 게 아닐까요?"

"괜찮아요. 수행이란 언제나 지금 할 수 있는 것보다 레벨을 약간 높여 하는 법이니까요."

"아, 저기."

"괜찮아요. 실패해서 죽더라도 괜찮아요. 죽지 않을 테니까요."

알렉이 웃었다.

모린도 웃어 보려 했다.

그러나 웃을 수가 없었다.

정확히는 그럴 틈이 없었다.

알렉의 마법이 거침없이──아니, 분명 섬세하게 조절된 상태로 쏟아져 내려왔다.

○

모린은 이렇게 말했다.

"마법이란 건 좀 더 머리로 생각해서 쓰는 거라고 생각했답니다. 하지만 사실은 그렇지 않았네요. 반사적으로 최선의 선택을 할 수 있도록, 몸으로 익혀야 하는 거였어요."

큰 공부가 되었답니다……라고.

마지막엔 그런 말을 할 수 있을 정도의 여유 속에서——.

'마술사를 죽이는 동굴'에서의 수행이 종료되었다.

오랜만에 동굴을 벗어났다.

모린은 오래전에 시간 감각을 잃어버렸지만 시간은 정확하게 파악하고 있었다.

지금은 낮이었다.

이틀을 꽉 채운 수행이었다.

그녀는 한낮의 햇살 속에서 눈을 가늘게 떴다.

——돌아왔다.

모린은 이전에는 느껴 본 적 없었던 충실감을 배웠다.

동굴의 입구.

부드럽고, 다정한 음성으로 알렉이 말했다.

"고생하셨습니다. 오늘과 내일은 쉬도록 하세요."

모린은 자신의 귀를 의심했다.

쉰다고?

그건 뭘 하는 수행일까?

진심으로 그런 의문을 품었다가 뒤늦게 이해했다.

"쉬, 쉬는, 쉬는 날이, 있나요?!"

"네? 당연하게 있지요. 수행이라는 게 막연히 매일 이어지는 건 아니니까요. 적당한 휴식도 중요해요."

"적당…… 적당이란 건 무엇인지…… 그, 그럼 쉬어도 되는 건가요?! 무, 무시한 함정이나 비유가 아니라 정말 쉬는 것이지요?!"

"무시무시한 함정은 없고 비유도 해 본 적 없지만…… 어쨌든 휴식이네요."

"뭘 해도 상관이 없는 것인가요?!"

"그렇네요. 아, 너무 멀리 가거나 한다면 다음 수행이 어려우니 여관에 머물러 주시면 좋겠네요."

"단순히 머무는 것만이라면 여관은 낙원이랍니다! 기꺼이 여관에서 데굴데굴하겠어요!"

"그렇게 말씀해 주시니 여관 주인으로서 더할 나위 없는 행복이네요."

"……여관 주인…… 그러고 보니 그랬네요. ……잠시 고문이나 그런 업계 분인가 싶었는데……."

"그런 업계가 실제로 존재하는지도 모를 일이지만…… 그보다는 왜 고문인가요. 저는 제 인생에서 단 한 번도 누군가를 고문한 적이 없는데요."

"음……. 알렉 님이 그렇게 말씀하신다면, 저는 알렉 님의 순종적인 종일 뿐이랍니다."

"아니죠, 모린 씨는 저희 여관의 소중한 손님이세요. 종이 아니지요."

알렉이 웃었다.

모린은 그가 미소를 머금는 것만으로도 몸이 떨리는 걸 느꼈다.

분명 그의 말에 감동한 탓이리라. 그녀는 자신을 그렇게 설득했다.

"아, 그런데 왜 갑자기 휴식인가요? 이유를 듣지 못한다면 새로운 수행이라는 오해를 할 것 같습니다."

"그렇게 경계하지 않아도…… 종종 그렇게 경계하시더라고요."

"저는 경계하지 않는 게 이상하지 않을까 생각한답니다……."

"음, 설명이 필요하다면 설명해드리기로 하죠. '마술사를 죽이는 동굴'에서의 수행은 모린 씨의 마력 최대치를 끌어올렸습니다."

"그런가요?"

"수행 후반부터는 쇠약사하지 않았지요?"

"……확실히 그랬던 것 같아요."

모린은 수행을 곱씹었다.

처음에는 잠시 고민에 빠지는 것만으로도 순식간에 죽었지만…….

후반에는 분명 마법을 쏘아내는 상황에서도 쇠약사하지 않았다.

단순하게 공격 마법으로 죽었기 때문에 마력을 빨릴 틈도 없었나 생각했지만…….

알렉이 말했다.

"수행을 처음 시작했을 때 모린 씨의 마력은 숫자로 표현하면 150정도였지요."

"네. 그렇게 들었답니다."

"지금 모린 씨의 마력은 5000이에요."

"……네?"

"그러니 마력이 한 차례 가득 채워질 때까지 이틀 정도의 휴식이 필요하지요. 일단 최대까지 회복하고 나면 다음부터는 지금까지와 마찬가지로 하룻밤 자고 나면 모두 회복하게 될 거예요."

"어, 음……. 10배가 아니라 20배……도 아니고, 30배 이상이 된 건가요?"

"그렇네요. 효율이 높지요?"

"효율을 넘어서 소름이 끼칠 정도인데요!"

지금까지는 큰 실감이 없었지만…….

돌이켜 생각해 보면 확실히 몽롱함을 느낀 적도 없었고.

마법을 계속 쏘아내도 여유가 있었다.

머리를 계속 굴리다 보니 두뇌 회전이 빨라져서 생각할 만한 여유가 늘어난 게 아닐까 싶었지만.

머리를 쓰는 데에도 마력은 소비된다.

수행하는 중에 그런 사실을 실감할 수 있었다.

그렇다면 오랜 시간 머리를 굴릴 수 있었던 건 마력이 오른 덕분이었으리라.

"하……. 제가 강해진 것이네요."

"저는 거짓말을 하지 못하는 성미라 분명히 말하자면, 모린 씨의 마술사 적성은 상당한 수준입니다. 왜 지금껏 활 같은 걸 쓰려고 했는지, 솔직히 영문을 모를 일이네요."

"그건…… 앤로지 님이, 하라고 하셔서……."

"이쪽 세계의 사람에게는 능력치가 보이지 않아서일까요……? 아니면 그 앤로지 씨는 모린 씨가 절망적으로 궁사에 맞지 않는다는 걸 알고 일부러 시켰다거나?"

"그런 분은 아니라고 생각하는데……."

"그렇다기에는 궁사가 가장 적성에 안 맞을 텐데요. 하필 그 궁사를 콕 집어서 시키다니. 솔직히 무슨 악의가 있지 않았나 싶을 정도예요."

"……."

"모린 씨?"

"……악의 같은 게, 있을 리가 없답니다. 그분은 기댈 곳 없는 저희를 거두어 주셨고…… 제가 모자란 아이인 탓에 항상 혼이 나기는 했지만…… 그래도……."

"제가 뭔가 하면 안 될 말을 했나요……?"

"아, 아니요. 알렉 님은 아무것도…… 그저, 칭찬에 익숙하지 않아서 잠시 혼란에 빠진 것뿐이랍니다."

"그렇군요. '여우'를 찾아다닌 것도 그렇고, 조금 신경이 쓰이는 분이네요. 그 앤로지 씨. 개인적으로 좀 조사를 해 봐야겠어요."

"조사요? 앤로지 님을요? 헌병에 소속된 높은 분의 정보라면 무척 엄중하게 관리되고 있을 텐데요……."

"여왕님께 물으면 알려 주시겠지요."

"아, 네……. 여왕 폐하라면 알고 계시겠지만……?"

그렇게 손쉽게 물어볼 수 있다면 고생할 일이 있겠는가.

또 어떤 종류의 비유나 농담일까? 모린은 고개를 갸웃했다.

알렉이 미소를 머금었다.

"그런데 내일 예정은 어떻게 되시나요?"

"으, 음······. 느닷없는 휴일인걸요. 예정 같은 건 아직 없기는 한데······."

"돈은요?"

"네? 아, 숙박비라면 모쪼록 염려하지 마세요. 제 상황을 들으시면 돈에 곤란한 건 아닐까 하는 불안이 생기는 것도 어쩔 수 없겠지만······."

"아니요. 모린 씨의 지금 장비는 궁사용이잖아요?"

"그렇답니다."

"그러니 마술사 장비를 갖출 돈이 있으신가요? 그 부분을 확인하고 싶었지요. 지팡이나 옷도 필요할 테니까요. 없다면 저희가 빌려드릴 수 있어요. 던전을 제패하실 생각이라면 확실하게 돌려받을 수 있을 테고."

"그렇군요. 그런 부분에서 필요한 돈 말씀이셨군요."

"마술사 장비를 갖추고 나면 모린 씨는 좀 더 강해질 거예요. 지금도 보통 수준에서는 충분할 정도의 역량을 갖추었다고 생각하지만요."

"그럴까요?"

"네. 스테이터스를 보면 바로 얼마 전에 수행했던 로렛타라는 분과 비슷한 정도가 됐네요. 아, 그분은 검사이니 STR과 INT라는 차이는 있습니다만."

"······로렛타 씨라면 여관에 계시는 붉은 머리의 귀족님 말씀인가요?"

영문을 알 수 없는 단어는 그대로 무시했다.

이것이 알렉과 무난하게 대화를 이어나가는 요령이라는 사실을, 눈치가 빠르지 않은 모린까지도 깨닫고 있었다.

그는 만족스럽게 고개를 끄덕였다.

"네. 그분은 던전을 하나 제패하셨으니 비슷한 실력이라는 점에 자신감을 가져도 좋아요."

"던전을 하나……. 역시 베테랑의 품격이 있는 귀족님이시네요. 그분과 비슷한 연령이 될 무렵에는 저도 어엿한 모험가가 될 수 있을까요?"

"참고로 모린 씨는 15살 정도이신가요?"

"아니요, 16살이랍니다."

"그렇군요."

"네, 그런데요……?"

좀 전의 질문은 무슨 의도일까. 모린은 고개를 갸웃했다.

그러나 알렉은 더는 이 화제를 이어나가지 않고.

"그럼 내일은 장비를 사 오도록 하세요. 아내에게도 말해 둘 테니까요."

"네, 그렇게 하겠어요……. 강해졌단 말이죠, 제가……. 이런 제가……. 장비만 갖추면 분명 자신감도 붙을 거예요."

"……."

"알렉 님?"

"네, 분명 그럴 겁니다."

알렉이 웃었다.

모린은 살짝 가슴이 뛰었다.

자신이 던전 제패자와 비슷한 정도로 강하다는 사실이 꿈만 같았다.

너무나도 뜻밖이어서 현실 같지가 않았다.

그렇기에.

지금의 풍경은 보기 좋은 꿈에 불과하고———.

현실의 자신은 앤로지 밑에서 무시당하고 있는 건 아닐까.

그녀는 잠시 의심을 품었다.

○

다음 날 아침.

요미가 장을 보러 나갈 때 모린을 동행시켜 달라는 언질을 주고 알렉은 집을 떠났다.

가게는 쌍둥이에게 맡겼다.

언젠가 여관을 이어받게 될 테니 좋은 경험이 될 것이다.

그의 목적지는 왕성이었다.

남문에서 성을 향해 곧장 뻗은 번화한 도로.

장을 보는 손님으로 북적이는 시장 주변을 지나쳐 이곳저곳에 경비원이 서 있는 고급 주택가로 향했다.

알렉은 두꺼운 셔츠에 앞치마 차림이었지만 경비병에게 불려가는 일은 없었다.

그들은 알렉을 인식조차 못 하는지, 시야에 들어와도 반응조차 보이지 않았다.

왕성으로 갔다.

성문에는 당연히 위병이 서 있었다.

특별한 볼일이 없는 사람은 들여보내지 않는다. 차림새가 수상한 알렉은 당연히 검문의 대상이었다.

그러나 알렉은 위병의 옆을 유유히 지나쳐 왕성에 들어섰다.

위병은 그를 향해 시선조차 돌리지 않았다.

아무래도 그의 존재를 눈치채지 못하는 듯했다.

익숙한 발걸음으로 왕성 안으로 들어선다.

고급스러운 장식품.

발바닥을 부드럽게 감싸는 융단.

의도를 알아보기 어려운 그림과 항아리.

그 모든 걸 지나쳐 알렉은 드디어 목적했던 장소에 도달했다.

왕성 4층——최상층의, 가장 안쪽.

아무런 표시도 없는, 커다란 문.

성안임에도 어딘가의 저택 현관처럼 문고리가 달려 있었다.

알렉은 문고리에 달린 노커로 문을 두드렸다.

잠시 기다리다 제 손으로 문을 열고 안쪽으로 발을 들였다.

내부는 눈부시게 화려하면서도 어딘가 폐쇄적인 공간이었다.

금과 은으로 만들어 보석까지 박혀 있는 고급스러운 물품들이 방 안에 난잡하게 흩뿌려져 있는 탓이리라.

사람이 이 방 안에서 생활할 수 있는 공간은 방 한가운데와 문에서 그곳까지 이어지는 길이 전부였다.

한가운데.

그곳에는 호화로운 소파에 누워 입안 가득 과일을 먹고 있는 여성이 있었다.

거의 나체에 가까운 복장이었다.

실루엣만 따지자면 복사뼈까지 덮는 원피스.

그러나 실제로는 속옷 비슷한 무언가로밖에 보이지 않았다.

이 방은 그녀의 개인실인 덕분에 어떠한 복장을 하고 있더라도 질책을 들을 일은 없었다.

또한, 얼마나 한심하게 뒹굴뒹굴하고 있더라도 그녀가 매우 아름다운 건 변하지 않았다.

알렉은 방 중앙을 향해 걸어갔다.

여성은 소파에서 누운 채로 나른한 눈으로 그의 움직임을 쫓았다.

입가에는 과실과 미소를 머금고.

소파 위에 펼쳐진 얇은 복숭앗빛 머리카락을 만지작거리며 여성이 말했다.

"어머? 어서 와. 당신은 언제나 느닷없이 나타나네."

나른한 어투였다.

알렉은 평소처럼 미소를 머금고 여성의 앞에 무릎을 꿇었다.

"실례인 줄은 알지만 느닷없이 찾아뵙게 되었습니다. 루크레치아 여왕 폐하, 부디 이러한 방문을 너그러이 보아주시길."

"따분한 인사는 됐어. 과도한 경의를 보일 필요는 없다고 내가

그리 말하지 않았던가?"

"그랬지요."

알렉이 몸을 일으켰다.

루크레치아가 희미하게 웃었다.

"그래서, 내 침실에는 무슨 용건으로 왔을까?"

"앤로지라는 헌병 일로 여쭈어볼 것이 있어서요."

"나, 그 아줌마 별로 안 좋아하는데."

"역시 알고 계셨군요."

"왕립 헌병단 제2 대대장. 헌병단은 제1부터 제4까지 있고 제2
는 주로 도적단 등의 집단 범죄를 관리하는 부서이고, 그 사람은
대장이지."

"경찰 조직으로 말하자면 본청의 높은 분 같은 느낌일까요."

"……알렉은 여전히 미스터리하네."

그런 면이 좋다면서 루크레치아가 웃었다.

알렉도 마주 웃었다.

"그래서, 그분이 '여우'의 정체를 찾아다닌다는 말을 듣고 진위
를 알고 계시나 싶어서 찾아뵈었지요."

"'여우'? 동물 말고 10년 전에 멸망한 도적단인지 강도단인지
하는 범죄자 집단 말이지? 왜 그런 걸 조사한담?"

"글쎄요? 저도 지금에 와서 그 일로 제 뒤를 캐려 들 줄은 몰랐던
터라 어떻게 된 일일까 싶었지요. 아, 그리고 '여우'는 개인의 이
름이에요. 그녀가 이끌고 있던 도적단 이름과 종종 혼동되기는 합
니다만."

"그렇네. '잿빛'도 그렇고 '여우'도 그렇고, 어쨌든 그 클랜과 연관된 범죄자는 10년 전에 전부 죽은 걸로 되어 있을 텐데……."

"그 부분은 감사합니다."

"…… '잿빛'은 여전히 가짜가 돌아다닐 정도라니, 대단한 인기잖아? 올브라이트 가문 사건은 나도 들었어."

"아, 거기서 '잿빛'을 자칭한 가짜는 이제 괜찮습니다."

"어머나, 역시 어떻게 했구나?"

"네. 길드마스터의 도움을 받아서 제가 본인을 설득하니 앞으로는 성실하게 살겠다고 했어요. 바이론 씨의 악행을 폭로하는 자리에 스스로 증인으로 나서지 않았던가요?"

"그랬지. 바이론 본인도 당신에게 받았던 여우 가면을 쓰니까 술술 불던걸. 덕분에 일처리도 무척 쉬웠어."

"반성하는 기미가 보이지 않는다면 부디 제게도 알려 주세요."

"솜씨 좋게 처리해 줄 모양이지? 정말, 알렉은 위험한 남자야, 그런 점이 좋아."

"전 모험가를 그만둔 후로 위험한 짓은 아무것도 하지 않습니다. 요즘엔 무척 온화하지요."

"당신의 그런 점, 무척 오싹오싹한걸."

루크레치아가 뺨을 붉히며 자신의 몸을 감쌌다.

알렉은 처음과 다름없는 미소를 머금고 말을 이었다.

"본론으로 돌아갈까요. 앤로지 씨가 '여우'를 찾는다는 소문의 진위를 자연스럽게 확인해 주실 수 있을까요? 그리고…… 가능하다면 그분이 인간이 아닌 다른 인종을 어떻게 다루고 있는지도."

"어머나, 여왕님을 심부름꾼으로 쓰기야?"

"보상이 필요하다면 분부를 내려 주세요."

"그렇네. 이번에 할…… 당신이 본래 있던 세계에 있었던, 그게 뭐였더라? '여자 모임'? 그게 있을 예정이거든. 커다란 목욕탕이 있으면 좋겠는데."

"그거라면 준비는 맡겨 주시죠."

"고마워. 그럼 소문의 진위를 확인해 주면 되는 거지? 말은 그렇게 해도 실제로 움직이는 건 당신이 단련시킨 근위병이겠지만."

"모두 건강하신가요?"

"그렇지. 강하고 충실하고, 좋은 병사들이야. 하지만 나보다 당신에게 충성을 맹세했다는 느낌이 무척 마음에 안 드는걸."

"그런가요? 일단 교관 같은 일을 했으니까요. 이제 훈련은 진행하지 않지만 당시의 추억으로 제 말을 들어주는 정도의 일은 있을지도 모르겠네요."

"당신의 훈련은 마음을 조각낸 다음에 다시 짜 맞추는 듯한 구석이 있으니까 말이야."

"다른 사람이 플레이했던 데이터를 넘겨받아도 입맛대로 진행하기는 어렵거든요. 아예 처음부터 다시 시작할 수밖에 없지요."

"……정말 미스터리해."

루크레치아는 과실을 입에 머금었다.

알렉이 말했다.

"그럼 말씀드린 일은 모쪼록 잘 부탁드립니다."

"어머나아? 벌써 돌아가게? 근위병 아이들도 만나고 싶어 하지 않을까?"

"다들 벌써 졸업했어요. 오히려 저야말로 어떤 얼굴을 하고 만나야 좋을지 모르겠는데요."

"미스터리어스하고 위험하고, 동시에 섬세한 사람이네. 정 그렇다면 굳이 붙들지는 않겠어. 그래도 또 날 만나러 와. 나의 용사님."

"……용사다운 일은 전혀 못 했지만요."

"마왕이었나? 당신의 세계에선 용사가 해치우는 게 보통이라고? 그런 게 있다면 좋았을 텐데 말이야."

"……여자 모임 일정은 돌아가서 연락을 기다리면 될까요?"

"그래. 편지를 보낼게. 당신과 요미도 참가할 수 있도록 준비하면 될까?"

"저도, 아내도, 왕궁에서 열리는 파티 같은 건 성미에 안 맞아서요. 애초에 왜 제 이름이 여자 모임 참가 목록에 올라가는 건가요."

"어머나? 어린 여자애들이 가득 모이는 목욕탕 파티에 흥미는 없나봐아?"

"제게는 아내가 있는지라."

"일편단심이네. 그런 점도 좋아해."

루크레치아가 웃었다.

알렉은 마지막으로 인사를 건네고 그 자리를 뒤로했다.

○

알렉이 돌아왔을 때는 벌써 날이 저물고 있었다.

'은 여우 여관' 내부에도 하나둘 램프가 밝혀졌다.

1층 식당.

그곳에는 벌써 요미와 모린이 돌아와 있었다.

식당 테이블과 의자를 좁혀 중앙 부근에 공간을 만들어 놓았다.

아무래도 그곳에서 옷을 갈아입거나 한 모양이었다.

주변에는 장비상과 재봉점의 물건으로 보이는 꾸러미가 산을 이루고 있었다.

알렉은 두 사람에게 말했다.

"제법 많이 샀네요."

모린은 깜짝 놀라 제자리에서 뛰어올랐다.

전혀 기척이 느껴지지 않았던 곳에서 목소리가 들린 탓이다.

심장이 멎는 줄 알았다.

"아, 알렉 님?! 언제부터 거기에 계셨나요?!"

"이제 막 돌아온 참이에요."

"여관 현관이 열리는 소리도 안 났는데요?!"

"손님께서 쾌적한 생활을 하실 수 있도록 종업원 일동은 최대한 기척을 지우는 데에 주의를 기울여서……."

"그래서 문을 여닫는 소리까지 안 들리도록 하는 건가요……?"

"조금만 신경 쓰면 누구나 할 수 있어요."

모린은 생각했다. 알렉이 그렇게 말하는 건 대부분 누구도 못 하는 일이거나, 할 수 있을 때까지 상당한 수행이 필요할 거라고.

스스로도 눈치가 없는 편이라고 인정하는 모린이지만, 그런 부분만큼은 뼈저리게 깨달을 수 있었다.

"그런데 좋은 옷을 찾은 모양이네요."

"아, 네에…… 무척 많이 샀거든요……."

"아마 아내가 억지로 권유했겠지요?"

"……굳이 말하자면 그럴지도 모르지만."

모린이 요미를 힐끔 바라보았다.

모든 책임을 그녀에게 돌린 게 민망했던 것이다.

그러나 요미는 조금도 신경 쓰지 않고 웃으며 대답했다.

"응. 엄청 샀어! 덤으로 노아랑 브랜 옷도 사 버렸지."

"너……. 그 아이들은 옷 갈아입히기 인형이 아닌 건 알고 있지?"

"응. 그래도 귀엽잖아."

"귀여운 건 나도 인정하는데."

"그러니까 옷 갈아입히기 놀이 하자~."

"……정 그렇다면. 상관없다. 귀엽기도 하고."

"응."

부부가 만담하고 있었다.

모린은 문득 깨달았다.

그러고 보니 알렉이 정중한 말투를 사용하지 않는 상대는 요미와 쌍둥이 노예 정도였다는 사실을.

그 정도로 마음을 허락하고 있다는 의미이리라.

마음을 허락한다…….

알렉에게 마음?

그런 게 있다면 그런 수행이 가능할까 하는 의문이 머리를 떠나지 않았다.

한동안 생각에 잠겨 있자――.

별안간 알렉이 모린을 바라보았다.

모린은 깜짝 놀라 허둥지둥 소리쳤다.

"따, 딱히, 마음 따윈 없을 거라는 생각은 하지 않았답니다?!"

"……무슨 이야기죠?"

"아니요! 아니, 아니, 아니요! 아무것도 아니에요! 제, 제게 하실 말씀이라도 있으신가요?!"

"아, 옷이 잘 어울린다 싶어서요."

"……그랬군요."

모린은 자신의 온몸을 살폈다.

장을 보러 나서기 전――.

그녀는 녹색 망토를 입고 있을 터였다.

수수한 데다가 오랫동안 그것만 입느라 무척 낡아서 결코 좋은 옷은 아니었다.

그러나 칭찬 한 번 받지 못하고 항상 실패를 반복하는 자신에게는 안성맞춤이라고 생각했다.

그러나, 지금――.

그녀가 입고 있는 건 칠흑의 로브였다.

더군다나 몸에 딱 맞는, 광택 있는 소재였다.

다리에는 커다란 트임이 들어가 있었다.

잘라 말하면, 지나치게 멋진 옷이라 자신에게는 어울리지 않는 것만 같았다.

그러나 알렉이 말했다.

"잘 어울려요."

"아무래도 제게는 지나치게 훌륭한 것 같아서……. 보세요, 저는 굉장히 수수한 얼굴이라……."

"……수수? 저기, 종족 차별적인 발언으로 들릴지도 모르지만…… 마족의 용모는 전혀 수수하지 않은걸요. 흰 머리카락에 하얀 피부, 좌우 색이 다른 눈동자까지. 여러분의 얼굴은 무척 단정하니까요. 오히려 전에 입었던 수수한 옷이, 모린 씨의 용모와는 격이 맞지 않는다 싶었지요."

"저, 저기, 칭찬을 해 주시는 건 무척 감사하지만 부인 앞에서 다른 여성을 너무 칭찬하시지 않는 게…… 다른 뜻이 없더라도요."

"아내는 일하러 주방으로 갔는데요."

"언제?!"

그러고 보니, 없었다.

자세히 보니 주변에 널브러져 있던 산더미 같은 옷더미까지도 하나를 제외하고 정리되어 있었다.

남은 하나는 모두 쌍둥이의 옷이니 요미가 갖고 갈 터였지만…….

움직이는 소리도 기척도 없었다.

"손님께서 쾌적한 생활을 하실 수 있도록 종업원 일동은 기척을 지우는 데에 최대한 주의를 기울이고 있기에."

"평소에도 경비가 삼엄한 장소에 침입할 때처럼 행동하다니, 저라면 정신이 이상해질 것 같은걸요."

"익숙해지면 의식하지 않아도 평범하게 가능해요."

"죄송해요. 알렉 님의 '평범'은 저에게는 '미지'인 탓에……."

"모린 씨는 일반 상식이 통용되는 장소에서 생활하지 못했던 것 같으니까요. 헌병단의 제2 대대장 댁 정도 되면 일반 귀족분과 비교해도 무척 특수한 환경이었겠죠."

"어라? 상식이 없는 건 오히려 저라는 말씀인가요?"

상식이란 무엇일까.

모린은 혼란에 빠졌다.

알렉은 미소를 머금고 화제를 바꾸었다.

"그런데, 어떠세요? 제법 '마력 흡착률'이 높은 장비를 갖추었었는데 힘이 넘쳐흐르는 감각 같은 게 실감이 나시나요?"

"죄송해요. 물건을 사는 중에도 많은 조언을 들었지만 '마력 흡착률'은 무엇인가요?"

"아, 설명이 아직이었네요. 마법을 사용할 때 자신 안에 있는 마력을 소비하는 건 알고 계실 텐데……."

"네. 그 탓에 몇 번이나 죽었는걸요."

"사실은 마술사가 마법을 사용할 때 소비하는 건 자신 안의 마력만이 아니거든요."

"……어떤 의미신가요?"

"마력은 대기 중에도 부유하고 있어요. 마술사가 가진 마력으로 대기 중에 있는 마력을 움직여서 어떤 현상을 일으키는 게 마법이라고 불리는 기술이죠. 다시 말해서 자신이 모터가 되고 대기 중의 마력이 기어이고, 기어를 돌림으로써 모터의 출력을 효율적으로 증폭해 타이어를 돌리는 셈이네요."

"죄송해요. '다시 말해서'부터 뒷부분은 조금도 이해를 못 했답니다."

"마법은 생각보다 복잡한 장치로 발동되고 있어요."

"그렇군요. 생각보다 복잡한 장치로 발동되고 있네요……."

"그래서 본론으로 돌아가면, 그 '대기 중의 마력을 움직이는' 단계에서, 마력 흡착률이 높은 장비를 몸에 두르고 있으면 보다 손쉽게 자신의 마력으로 대기 중의 마력에 간섭할 수 있지요. 다시 말해서 기어에 바르는 윤활제라고 할 수 있겠네요."

"'다시 말해서' 다음부터는 이해하지 못했답니다."

"몸에 잘 스며든다는 의미라고 이해해 주세요."

"과연, 몸에 잘 스며드는 거군요."

모린이 고개를 끄덕였다.

알렉은 미소를 띤 채로 말을 이었다.

"마술사의 공격력을 올리려면 마력 흡착률이 중요하지요. 다만, 난점이 있어요. 마력 흡착률이 높으면 오히려 상대에게 마법 공격을 받기 쉬워진다는 점이지요."

"……그러면 큰일 아닌가요?!"

"본래부터 마술사 적성이 있는 분이라면 CON이 높으니 큰 영향은 없지만 전사계 장비에는 일부러 마력 흡착률을 낮게 억누른 것도 많지요."

"……그렇군요."

모린은 이해할 수 없는 단어를 흘려 넘기기로 마음먹었다.

알렉이 고개를 갸웃하며 물었다.

"그런데 지팡이는 사셨나요?"

"……아직 못 샀답니다. 물품 구입 대부분을 사모님께 부탁드렸다가…… 쌍둥이분의 옷을 사는 데에 푹 빠지셔서 깜빡하신 걸까 싶었는데……. 그래도 부탁을 드리고 동행한 입장에서 그 부분을 지적하는 게 무례하지 않을까 싶어서."

"아뇨, 아내는 제 의도를 읽고 지팡이를 사지 않았던 거예요."

"……네? 그게 무슨 의미인가요?"

"지팡이는 내일 수행으로 만들 겁니다."

"네에……."

"그래서 내일의 수행은 지팡이 없이 소재를 모으는 겁니다."

"소재를 모을 뿐인가요?"

"그래요."

무척 간단한 수행인 것 같다고 모린은 생각했다.

소재를 모으는 건 모험가의 주된 임무 중 하나였다.

모험가의 임무는 대체로 '던전 탐색'이지만, 탐색을 진행하는 중에 진행되는 실제 작업은 좀 더 세분화되어 있다.

지나치게 불어난 몬스터를 어느 정도 줄인다거나.

조난한 모험가를 수색한다거나.

그러한 의뢰 중에 '소재 모으기'도 포함되어 있다.

기본적으로 소재 모으기의 난이도는 탐색 퀘스트 중에서도 가장 낮았다.

모험가는 대부분 몬스터와의 전투로 목숨을 잃기 때문이다.

일단 던전의 숨겨진 방에서만 얻을 수 있는 소재를 입수하라는 등의 예외적인 경우도 있지만 보통 채집 의뢰를 받는 '소재'는

'이미 발견되어 어느 정도 유용성이 있는 것'들이 많았다.

'있을지도 모르는 무언가를 발견할 때까지 찾아라' 같은 의뢰는 존재하지 않았다.

길드가 그렇게 애매한 의뢰를 수주하지 않기 때문이다.

그래서 소재 모으기는 대체로 소재가 있는 장소도, 그곳에 가게 될 때의 위험도도 명확했다.

덕분에 보수가 낮기는 했지만 레벨이 낮은 모험가가 하루 일당을 버는 데에는 딱 좋았다.

소재 모으기 퀘스트라는 건 대체로 그렇다.

모린이 물었다.

"저는 무엇을 모으면 되는 건가요?"

"'거대 영수(靈樹)의 뿌리'라는 아이템이지요. 그걸 99개."

"구, 구십구……."

어안이 벙벙한 숫자는 과연 알렉의 수행다웠다.

그렇다 해도 꽤나 어중간한 숫자였다. 차라리 100개를 모아 오라고 하지 않는 이유가 다소 마음에 걸리기도 하지만…….

모린은 고개를 끄덕였다.

"알겠어요. 99개를 모아 올게요. 이틀 정도 던전에서 지낸다면 찾을 수 있겠지요?"

"그렇겠네요."

"이제 익숙해진걸요. 이틀 동안 자지도 않고 쉬지도 않고 죽음을 반복하면서 마법을 배웠으니까요. 그거랑 비교하면 소재를 모으는 정도는 간단하답니다."

"식사 시간이 있었으니 쉬지 않은 건 아니지만…… 그렇게 말씀해 주시니 무척 든든하네요. 도전하실 던전은 남쪽 절벽 부군에 있는 '고목 군생지대' 라는 던전입니다."

"소재를 떨어트리는 몬스터를 알려 주실 수 있을까요?"

"그 던전의 마스터입니다."

"……네?"

"거대 영수라는 건 고목 군생 지대의 던전 마스터입니다."

"……던전 마스터가 99마리 있나요?"

"아니요. 한 마리죠. 거기서 아슬아슬하게 도망쳐 돌아온 모험가가 우연히 들고 돌아온 거대 영수의 파편이 바로 '거대 영수의 뿌리' 라고 불리는 아이템이에요. 마력 흡착률이 무척 높아서 마술사의 지팡이에 가장 적당한 소재라고들 하지요."

"……죄송해요. 지금 제가 큰 혼란에 빠져 있답니다. 한 마리밖에 없는 던전 마스터에게서 99개의 소재를 채취하라, 그런 말씀이신 거죠?"

"그렇네요. 참고로 마력 흡착률이 높은 소재가 던전 마스터의 몸에서 채취되니 당연히 그 던전 마스터의 약점은 마법이라고들 합니다."

"긍정적인 정보네요."

"아니요."

"……아니라고요?"

"그 보스를, 지금 모린 씨의 마력으로 죽이지 않으면서 99개의 소재를 모을 때까지 계속 공격해 주세요. 아, 몬스터가 죽으면 사라진다는 사실은 벌써 알고 계실 테니까 죽기 전에 소재를 먼저 채취해야 한다는 것도 잘 알고 계시지요?"

"⋯⋯네."

"마력 컨트롤이 크게 늘 거예요."

알렉이 빙그레 웃었다.

모린도 에헤헤 하며 웃었다.

그리고 예감했다.

──아마 정신력이 버티지 못하리라.

○

"⋯⋯아니요, 그, 절대로 실패한 게 아니랍니다. 다만 약간 운이 나빴다고 말씀드릴 수밖에⋯⋯ 어, 저기⋯⋯ 면목이 없어요! 실패하고 말았습니다!"

밤.

왕도 남쪽의 절벽이 코앞으로 보이는 장소.

주변에는 조명 설비가 단 하나도 없었다.

그저, 느릿하게 흔들리는 세이브 포인트의 불빛만이 희미하게 작은 범위를 밝히고 있을 따름이었다.

암흑 속에서 희미한 불빛을 받으며 떠올라 있는 건 거대한 나무들이 밀집한 주변의 풍경이었다.

'고목 군생 지대'라고 불리는 던전이었다.

끝없이 커다란 나무는 멀리서 바라보는 것만으로도 불길하게 보였다. 사람의 얼굴을 닮은 금이 새겨져 있었다.

황폐한 들판 가운데에 그런 장소가 느닷없이 존재하는 탓에 위화감도 강했다.

그러나 겉보기와는 다르게 고목 군생 지대라고 불리는 던전에는 이제 위협이 없었다.

왜냐하면.

"……저도 모르게 던전 마스터를 해치우고 말았답니다."

모린이 넙죽 엎드린 채 조심스럽게 말했다.

그녀는 지금 알렉의 눈앞에서 할 수 있는 만큼 깊이 고개를 숙이고 있었다.

이 세계에 '석고대죄' 같은 풍습은 없었지만——.

모린은 완전한 굴복을 표현하기 위해 취한 자세는 '그것'과 무척 비슷했다.

그녀는 끊임없이 몸을 떨며 말을 이었다.

"그, 그렇지만 결코 방심했던 것이 아니라! 치밀한 컨트롤로 던전 마스터를 자르고, 가까스로 '거대 영수의 뿌리'를 50개까지는 모았어요! 그런데 반환점을 돌았다고 생각하니 그만 긴장이 풀렸는지 제어를 실수하는 바람에, 아, 그, 그래도 상대가 땅속성이라는 걸 알고 있었기에 물속성 마법을 사용해서 조절을, 저기, 그, 그래도, 출력이, 어으으음, ……에, 에헤헤."

모린은 뻣뻣하게 웃은 미소와 함께 알렉을 올려보았다.

그녀의 눈에는 희미하게 눈물이 달려 있었다.

지금까지의 인생을 통해, 그녀는 실패를 저지르면 마땅히 절망에 빠질 만큼 질타를 받는 법이라고 생각했다.

따라서 용서를 구하고자 바닥에 넙죽 엎드렸다.

하물며 상대는 앤로지나 그의 시종 정도가 아니었다.

알렉이었다.

그, 알렉이었다.

평소에도 제정신을 의심하게 만드는 수행을 선물하는 알렉, 여관 주인이라는 직업은 간판에 불과하고 진짜 직업은 고문관이 분명한 그 알렉이었다.

두렵지 않을 리가 없었다.

살해당한다──. 아니, 죽음조차 허락받지 못한다.

모린은 그렇게 믿고 있었다.

알렉은 어떤 말도 않고 그저 옅은 미소를 지을 뿐이었다.

그런 그가 마침내 움직였다.

모린은 허둥지둥 다시 바닥을 내려다보았다.

이럴 때 도망치거나 한다면 오히려 상대의 분노를 살 뿐이라는 걸, 그녀는 앤로지 슬하에서 생활하면서 충분히 학습했다.

그렇기에 눈앞에 알렉이 무릎을 꿇고 넙죽 엎드린 자신의 어깨에 가만히 손을 올렸을 때──.

그녀는 한순간 정말로 심장이 멎을 것만 같았다.

너무 두려웠다. 몸이 떨리고 이가 제멋대로 따닥따닥 맞물렸다.

어떠한 벌을 받게 될지, 상상조차 할 수 없었다.

그래서 이어진 알렉의 말은──.

"축하드립니다."

──그야말로 뜻밖의 것이었고.

모린은 반사적으로 고개를 들었다.

"추, 축하……라고요?"

"네. 던전 제패, 축하드립니다."

"……아."

그랬다.

실패했다고 생각했지만 그녀는 '던전 마스터를 해치운다'는 업적을 달성했다.

상성의 문제도 있었겠지만 지금의 그녀에게는 상대가 지나치게 약해서 오히려 실감이 들지 않았다.

그러나 분명히 웬만한 모험가는 달성할 수 없는 큰 업적을 이룬 것이다.

"그, 그렇지만, 저는 알렉 님이 내려주신 과제를 달성하지 못했……."

"사실은 말이죠. 달성할 수 있을 거라 기대하지 않았거든요."

"……네?"

"생각해 보면 지팡이 하나를 만드는 데에 99개의 소재가 필요할 리가 없잖아요. 하나만 있으면 충분하죠."

"그건 확실히, 그렇기는 한데."

"던전 마스터는 어땠나요? 강하던가요?"

"아, 아니요……. 죽이지 않도록 하는 데에 애를 먹을 정도여서……. 저기, 이곳이 정말로 모험가가 아슬아슬하게 도망쳐야 할 정도의 던전이었나요? 잔챙이 몬스터는 물론 던전 마스터조차도 너무 물렁하다는 느낌이 든다고밖에는…….."

"이곳은 레벨 80의 던전이에요."

"80?!"

모린은 눈을 크게 떴다.

80 정도 되면 제법 난이도가 높은 부류의 던전이었다.

제패자 추천 정도까지는 아니어도 도전할 수 있는 모험가 자체가 극히 소수밖에 안 될 레벨이었다.

그래서 던전 내부에서 어떤 사람도 만날 수 없었구나. 그녀는 뒤늦게 이해할 수 있었다.

"참고로 던전 마스터는 레벨 100정도 될 거라 예상했지요."

"……그렇게 현격하게 강하지는 않았는걸요."

"그렇지요. 상성이 좋은 상대였다고는 해도, 모린 씨는 레벨 100 던전 마스터를 무기도 없이 한껏 힘 조절을 해 가며 해치운 거예요."

"……."

"자신감이 생겼나요?"

"네?"

"아무래도 자신이 없는 것 같아서요. 그래도 레벨 80의 던전을 제패했다는 건 분명한 일이니 세간에서는 위업이라고 하겠지요."

"세, 세간에선, 말인가요……?"

"세상은 넓으니까요."

알렉이 웃고 있었다.

그에게는 분명 위업도 무엇도 아니리라.

그렇더라도 점차 던전을 제패했다는 실감이 들기 시작했다.

"……제가, 던전 제패를……."

"네."

"……아무것도 못 하고 항상 혼이 나기 일쑤이고 수수하고 둔하기만 했던 제가."

"사람에게는 적성과 비적성이 있으니까요."

"……."

"오히려 지금까지 가장 적성에 안 맞는 궁사로 열심히 해 왔다고 생각하는데요."

"……어라? 어쩐지."

모린은 눈물이 제멋대로 흐르는 걸 느꼈다.

공포가 부른 눈물이 아니었다. 그것은 좀 더 따스하고, 다정한 이슬이었다.

"죄, 죄송해요. 칭찬을 받는 게, 어쩐지, 익숙하지 않아서……."

"괜찮아요. 첫 던전 제패는 많은 분에게 여러모로 감개무량한 일인 모양이니까요."

"'많은 분'? 알렉 님은 던전 제패자 분들을 많이 아시나요?"

"저희 여관에 머물고 계신 손님은 모두 던전을 제패하셨지요."

"……죄송해요. 감동의 눈물이 쏙 들어갔답니다."

어떻게 된 레벨의 여관인가.

세간에서는 한 줌 정도 된다는 모험가가 '은 여우 여관'에는 다발로 모여 있는 모양이다.

모험가 레벨 밸런스가 무너졌다.

알렉은 빙글빙글 웃고 있었다.

"그럼 이제 집으로 돌아갈 수 있겠군요."

"네?"

"던전 제패를 하면 돌아와도 된다고 하셨다지요? 앤로지 씨의 저택에서."

"아, 네에……. 그러고 보니 그랬네요. 저는 하루하루가 힘들어서 깨끗하게 잊고 있었답니다."

"모험가로서 독립하고 나면 할 일이 많으니까요. 수속 관계도 있고, 저도 많은 시행착오를 겪었지요."

"어, 힘들었던 건 수행이었는데요……."

"하하하. 모린 씨는 정말 힘든 수행은 한 적이 없을 텐데요."

"알렉 님이 그렇게 말씀하신다면 순종적인 개인 저는 납작 엎드려 그저 긍정할 뿐이랍니다."

"모린 씨는 순종적인 개가 아니라 저희 여관의 소중한 손님이세요."

"감동으로 몸이 떨릴 지경이네요."

감정이 움직이는 걸 감동이라 표현한다면 결코 거짓은 아니었다.

다만 그 감정이 공포라는 점을 제외한다면.

알렉은 축하의 말을 건넸다.

"다행이네요. 여동생분들하고도 만날 수 있겠어요."

"……그렇네요. 어쩐지 영문을 모르는 사이에 던전을 제패해 버렸지만, 여동생을 만나는 걸 목표로 지금껏 노력했으니까요.

그 소망이 이뤄질 테니 기뻐할 수 있겠네요."

"그렇지요."

"……아, 그랬어요. 새삼 알렉 님께는 감사를 드려야겠네요. 설마 항상 둔하다, 멍청하다는 소리를 들어 왔던 제가 던전 제패라는 위업을 달성할 수 있을 줄은……. 알렉 님의 조력이 없었다면 결코 달성할 수 없었을 거예요. 정말 감사드려요."

"신출내기 모험가를 서포트하는 것이 여관의 업무이기도 하니까요."

"하지만…… 제패 퀘스트를 받지 않고 제패해 버렸네요. 이래서는 제가 아무리 던전을 제패했다고 말한들 누가 믿어 줄지……."

"이럴 수도 있겠다 싶어서 제패 퀘스트는 제가 대신 받았지요."

"퀘스트를 대신 받을 수도 있는 모양이네요."

"길드장과 인연이 좀 있는지라."

"아, 그렇군요."

모린은 놀라지 않았다.

그녀의 상식은 벌써 붕괴되어 있었다.

알렉이 물었다.

"왜 그러시죠? 일단은 여관으로 돌아갈까요?"

"……아, 앤로지 님의 저택으로 돌아가기 전에 말이지요? 한 번은 여관으로 돌아갈 수 있다면 좋겠네요. 목욕탕에 들어가서 몸단장을 정돈하고 실례가 되지 않을 시간에 뵙고 싶어서요."

"그리 서두르지 않으시네요?"

"그럴, 지도 모르겠네요. 이럴 때 할 만한 생각은 아니지만……

앤로지 님의 저택은 그…… 그리 마음 편한 곳은 아니어서…….."

"어떤 의미에서 그런가요?"

"상대가 알렉 님이시니 저도 숨기지 않고 말씀드리지만…… 저기, 저택에는…… 그리 좋은 추억이 없답니다. 언제나 혼이 나기 일쑤였으니……. 그래도 고아인 저를 길러주신 앤로지 님께 감사하고 있고 여동생들을 만나고 싶은 것도 진심이에요."

"그런가요."

"후후…… 그렇게 생각하니 지금의 저를 보여드리는 게 무척 기대되네요. 궁사로서 언제나 실패만 했지만 마술사가 된 지금의 저는 어엿한 모험가인 모양이니까요. 이렇게 아름다운 장비까지 갖춘 저를 본다면 앤로지 님은 분명 놀라실 거예요."

"그렇게 된다면 좋겠네요."

"네."

모린이 웃었다.

그것은 행복한 미래를 그리는 미소였다.

평소 공포로 뻣뻣하게 굳어서 도저히 미소라고 말할 수 없었던 그것과는 확연하게 달랐다.

솔직하게 웃어 보는 게 얼마 만의 일이었나. 모린은 생각했다.

그리고 여관에 오기 전——.

아니.

——앤로지의 저택에서도 자신은, 진심으로 웃을 수 있었을까?

그런 의문이 고개를 들자.

문득 오싹함을 느끼면서 생각하기를 그만두었다.

○

　다음 날 아침, 모린은 여관을 뒤로했다.

　알렉은 체크아웃 수속을 마치고 식당 카운터 안에서 콩을 볶고
있었다.
　식당 안에는 숙박객 다섯 명과 노예 쌍둥이 소녀가 있었다.
　요미는 주방에서 수프를 데우고 있었다.
　잠시 작업에 몰두하고 있자──.
　카운터 석에 로렛타가 앉았다.
　알렉은 기척을 느끼고 그쪽을 바라보았다.
　로렛타가 입을 열었다.
　"모린 씨는 나간 건가?"
　"네, 그렇네요."
　"뭐, 그럴 수도 있겠지. 그대의 수행은 평범한 사람에게는 무척
견디기 힘든 일이니까."
　"…… 저기, 모린 씨는 제대로 수행을 마치고 던전 제패를 한 뒤
체크아웃하셨는데요."
　"그, 그랬나? 미안하군. 그대의 수행이 괴로워서 도망쳤다고
만……. 순해 보이는 사람이었으니까."
　"순한 사람이라도 견딜 수 있는, 느슨한 수행 메뉴를 짜드렸으
니까요."

"느슨한? 그건 다시 말해서……. 아니, 미안하군. 느슨한 수행을 어떻게든 상상해 보려 했지만 내 상상력으로는 불가능한 모양이야."

"하하하. 말하자면 평소에 하던 그대로입니다."

"그렇군. 평소 그대로란 말이지. 그건 결국 좀 전의 말도 평소의 알렉 씨 기준이었다는 거군."

로렛타가 고개를 끄덕였다.

알렉이 고개를 갸웃했다.

"그런데 로렛타 씨, 오늘은 다른 분들과 같은 테이블에서 식사하지 않으시나요?"

"아, 그렇지. 오늘은 잠시 그대와 이야기를 하고 싶었어."

근래 로렛타는 다른 숙박객과 친목을 다졌다.

귀족이라는 신분 차이는 있지만 그 이전에 다른 손님도 모두 알렉의 수행을 받고 있었다.

같은 어려움을 경험했던 동지였던 덕분에 그들 사이에는 자연스러운 연대감이 생겨났다.

어려움이 크면 클수록 동료 사이의 연대감은 깊어지는 법이다.

다시 말해서 로렛타와 다른 숙박객 사이에는 상당한 연대감이 생겨났다.

"저와 이야기……인가요. 어떠한 말씀이신지?"

"그대 부부가 만났던 때의 이야기가 숙박객 사이에서 다소 화제가 되고 있는지라. 물어보고 싶지만 물어보기를 두려워하는 사람이 많은 것 같네. 그래서 이전에 질문했던 내가 다시 그들을 대표

해서 조금 더 자세한 이야기를 물어볼까 하고."

"무서울 만한 이야기는 아닌데요."

"그렇겠지. 그대의 안에서는 분명 그럴 거야."

"아니, 아내도 그렇게 무서운 이야기는 아니라고 할 텐데요."

"그럴지도 모르겠군. 그래서 안주인이 '은 여우단'이라는 클랜에 머물렀고 그곳이 무너졌다는 이야기는 들었는데 다른 정보가 없어서 그대들이 무슨 이유로 함께 여행하게 되었는지를 모르겠어. 뭔가 계기가 될 만한 일은 없었던 건가?"

"계기, 말인가요."

"……이렇게까지 묻고 말하긴 좀 뭣하지만, 답하고 싶지 않은 이야기라면 굳이 말하지 않아도 괜찮네. 모험가는 과거에 이런저런 사연이 많은 게 일반적이지. 내가 이렇게 이야기하러 온 것도 물어봐도 괜찮은 이야기인가, 무책임하게 떠들어도 되는 밝은 이야기인가를 확인하러 온 측면이 크거든."

"그렇군요."

"밝히고 싶지 않은 과거의 일로 사람들이 제멋대로 추측하는 건 좋은 기분은 아닐 테지. 굳이 꺼내고 싶지 않은 이야기라면 우리도 앞으로는 일절 그대 부부의 인연에 대한 이야기는 하지 않겠네. 내가 그렇게 매듭을 짓기로 하지."

"……로렛타 씨."

"왜 그런가?"

"여전히 빌어먹게 성실하시네요."

"경박한 말은 그만둬. 다른 사람의 약점을 건드리고 싶지 않을 뿐이야."

"뭐, 그렇게까지 가치가 있는 이야기도 아닌데요."

알렉이 콩을 볶은 손을 거두었다.

그리고 잠시 고민에 빠진 얼굴을 하다가 쓴웃음을 짓고 이야기를 시작했다.

"저와 아내가 옛날 소속되어 있던 '은여우단'은 어떤 업계에서는 제법 유명한 클랜이었거든요."

"어떤 업계라니?"

"범죄자 업계이지요."

"……뭐?"

"모험가 클랜의 형식을 갖춘 범죄자 클랜이었던 거죠. '은여우단'은."

"……그, 서두를 들어 보니 뒤를 들어도 좋은 내용이 아닐 것 같은데 정말 괜찮나?"

"밝은 이야기인데요."

"그런 느낌이 아니네만."

"지금 저와 아내는 이렇게 여관 경영을 하거나, 신출내기 모험가들에게 수행을 제공하거나, 신분을 따지자면 아직 노예라지만 귀여운 쌍둥이 딸……도 있으니까 해피엔딩인 건 분명하잖아요."

"그, 그런가……. 그래? 그대 부부가 해피엔딩을 맞이한 덕분에 마음에 상처를 입게 된 사람이 있는 건 아닌가? 예를 들면 나라든가."

"하하하. 모험가는 사연이 많은 법이고, 올브라이트 가문의 여러 일은 로렛타 씨의 마음에도 상처로 남기에 충분했을지 모르지만 분명히 극복하시지 않았나요?"

"그쪽 이야기는 아니었다만, 그대는 영영 이해 못하겠지……."

수행 말이에요.

콩이라든가.

악의도 음모도 없다는 게 이 여관 주인의 가장 나쁜 구석이다. 로렛타는 새삼 그 사실을 실감했다.

알렉은 평소대로 미소를 짓고 말했다.

"알고 계시는 그대로 저는 용사이기 때문에 세상의 혼란을 해결해야만 했죠. 하지만 이 세계에는 절대악이 없잖아요. 마왕이라거나 그런 게."

"마왕? 마의 왕? 던전 마스터 같은 건가?"

"던전 마스터를 총괄하는 존재라고 할 수 있을까요. 그 녀석만 해치우면 이 세상에서 악이 모두 사라지는, 악을 한 손에 쥔 종합 상사라고 할 수 있죠."

"……아, 달리 말하면 알렉 씨 말인가?"

"저를 해치운다고 해도 악은 멸망하지 않을걸요."

"그대는 몇 번을 죽어도 살아나니 말일세……."

"그 이전에 저는 악이 아니에요."

"그렇군. 그런 말로 정리할 수는 없는, 좀 더 다른 무언가다."

"오히려 정의의 편이었죠. 한때는요."

"정의라……. 이 여관은 철학적인 고민을 하게 만드는군. 생명이란. 삶이란. 죽음이란. 평범함이란. 적당함이란. 그리고 악이란. 정의란."

"꽤 철학적이시네요."

"아니, 이 여관이 사람을 철학적으로 만드는 것뿐이라고 생각하는데."

"그렇군요……. 여관의 새로운 어필 포인트로 삼아 볼까요?"

"안 하는 게 좋다고 보네……."

오히려 숨겨야 마땅한 부분이라고 로렛타는 생각했다.

알렉은 개의치 않고 말을 이었다.

"……그런 탓에 악을 멸해야 하는 소임을 짊어졌지만, 구체적으로 절대악이 존재하지 않는 이 세계에서는 어떻게 해야 할지 방법을 찾기 시작했죠. 일단은 범죄자를 멸해 보자는 결론에 도달했고요. 그래서 '은여우단'에 있던 아내를 만나게 된 거예요. 그리고 '은여우단'이 무너지고 지금에 이르렀죠."

"잠깐, 잠깐, 잠깐. 중요한 부분이 쏙 빠졌잖나."

"축약을 좀 했네요. 모린 씨가 돌아오신 모양이라."

"……돌아왔다고?"

로렛타가 주변을 살폈다.

그러나 모린은 보이지 않았다.

뭐지? 고개를 갸웃하고 있자──.

잠시 시간이 흐른 뒤.

여관 입구에서 허둥지둥 문이 열리는 소리가 들려왔다.

로렛타가 고개를 끄덕이고 끝내 참지 못하고 물었다.

"……저기, 그대는 말도 안 되게 넓은 범위의 기척을 읽고 있지 않나?"

"마을 중앙에 선다면 마을에서 움직이는 모든 기척은 대강 모두 알 수 있을 정도일까요."

"여전히 터무니없는 일을 아무렇지도 않다는 듯이 말하는군."

"던전 마스터가 이리저리 도망다니는 던전도 있거든요. 공략하려면 필요한 스킬이었지요."

"필요하다는 것과 할 수 있는 것 사이에는 또 다른 문제가 있다고 몇 번을 말하게 만들 셈인가."

"하지만 해야만 할 상황이 된다면 의외로 할 수 있게 되기도 하지요."

"몇 번을 죽어서 말이지?"

"그렇네요. 죽어 가면서 배운다면. ……그럼 잠시, 마중을."

알렉은 카운터에서 벗어나 여관의 입구로 향했다.

그러자 모린은 여관 접수대에 숨바꼭질하듯이 몸을 숨겼다.

알렉은 그녀를 내려다보며 말했다.

"어서 오시지요. '은 여우 여관'에 오신 걸 환영합니다."

"거, 그, 그렇게 느긋한 상황이, 아니랍니다……."

모린은 몸을 떨며 알렉을 올려보았다.

알렉은 미소를 머금고 고개를 갸웃했다.

"하지만 여관의 주인이니 여관에 들어오신 손님을 마중하지 않을 수도 없지요."

"그런 게 아니라요! 그런 게 아니라…… 저, 저기 지금부터 약간

말도 안 되는 이야기를 드려야 하니, 모쪼록 놀라지 말아 주시겠
어요?"

"이렇게 보여도 저는 소심한 편이니 그렇게 말씀하시면 조금 겁
이 나네요."

"농담할 때가 아니에요!"

"솔직한 본심을 말씀드렸을 뿐입니다만."

"저, 지금 쫓기고 있어요!"

끝이 없겠다고 생각한 모린이 대화를 잘라냈다.

알렉은 동요를 보이지도 않고 말했다.

"그렇군요. 모린 씨가 숙박했던 방은 비어 있으니 우선은 그쪽
으로 가실까요."

"사, 사정을 설명해 달라거나 좀 더 놀라셔야 하지 않나요?!"

"딱히 상상 밖의 말씀을 하신 것은 아닌지라……."

"쫓기고 있다니까요?! 제가! 앤로지 님이 이끄는 헌병대 제2 대
대에! 더군다나 흉악한 도적단 '여우'의 구성원이라는 이유로!"

"'여우'를 도적단 취급하는 시점에서 아무것도 모른다는 게 전
해지는데……. 뭔가 짐작이 가는 게 있으신가요?"

"있을 리가요!"

"그렇다면 방으로 가시죠. 헌병이 이 여관에 올 때까지 반나절
은 걸릴 테고 온다고 하더라도 적당히 말해서 돌려보낼 테니 우선
은 방에서 느긋하게 숨을 돌리면 어떨까요?"

"……쫓아내지 않으시나요?"

"저희 여관은 모험을 시작한 모험가에게 만전의 서포트를 약속

하고 있는 터라."

알렉이 빙그레 웃었다.

모린은 놀라움 속에서 생각했다.

지금까지 이 미소를 볼 때면 언제나 공포를 느꼈는데——.

같은 편이 되니 이토록 든든하다니.

또다시 눈물이 나올 것만 같았다.

○

방.

침대와 화장대가 전부인 소박한 방. 모린은 불도 켜지 않고 방구석에서 무릎을 안고 있었다.

시각은 벌써 저녁이 되어 있었다.

방문을 넘는 순간 긴장의 실이 끊어지면서 잠에 빠진 것이다.

알렉은 불평 한마디 않고 그녀가 깨어나는 걸 기다려 주었다.

"……느닷없이 돌아와서 정말 면목이 없어요. 더군다나 이런 문제까지 끌고 와 버려서……."

모린이 사과를 건넸다.

알렉은 미소를 머금고 고개를 가로저었다.

"괜찮습니다. 이 정도는 예상했으니까요."

"……예상했다고요?"

"앤로지 씨는 지독한 차별주의자라는 모양이더군요."

알렉이 손에 무언가를 들고 있었다.

봉투, 일까.

고급스럽게 봉인된 흔적이 엿보였다.

모린의 기억이 올바르다면 왕족이 사용하는 봉랍으로 보였다.

덤으로 봉투 구석으로 슬쩍 보인 키스 마크가 은근히 신경이 쓰였지만…….

그럴 때가 아닌 탓에 모린은 이야기를 이어나갔다.

"앤로지 님은 저희 아인 고아를 학대하려고 거둬들이셨던 모양이에요."

"아인, 아인이라고 말씀하시는데 그 말은 분명한 차별 용어인데요."

"……그런 모양이에요."

"앤로지 씨는 다소 별난 기호를 가진 분인 모양이라서요. 다른 종족의 고아를 거둬서 폐쇄적인 환경에서 키우고 방치해 범죄자로 만들어 체포한다. ……헌병대 대장이시니까요. 인간이 아닌 종족을 학대하기 위해서 대의명분이 필요했던 걸지도 모르지요."

"……."

"모린 씨가 좀 더 쉬고 싶으시다면 저는 물러나겠습니다만."

"아니요. ……저택으로 돌아갔을 때는 환대를 받았는데…… 얼마 뒤에 갑자기 절 끌고 가시더니…… 저도 모르는 사이에 제가 흉악한 범죄자라고, 말씀하시면서…… 신문을……."

"신문을 당했나요?"

"……아니요. 당하기 전에 도망쳤어요. 지팡이를 빼앗기기는 했지만 지팡이가 없더라도 마법은 사용할 수 있었던 덕분에요. 알렉 님의 수행 덕분에 이렇게 무사히 돌아올 수 있었답니다."

"제 수행이 모란 씨에게 도움이 되었다니 다행이네요."

알렉이 고개를 숙였다.

모린은 허무하게 웃을 뿐이었다.

"……모든 게 일부러 한 짓이었던 거예요. 적성이 없는 활을 쥐여 주고 무시한 것도. 매번 멸시하고 혼을 냈던 것도. 사랑의 매가 아니라 단순한 매질이었던 거네요."

"……글쎄요. 저로서는 어떤 판단도 할 수가 없네요."

"죄송해요. ……죄송해요. 알렉 님께 이런 말씀을 드린다고 한들……. 그래도 저는, 알렉 님 외에 의지할 상대가 없었어요."

"여관 주인으로서 기쁠 따름입니다."

"여동생들을, 구해야 해요."

퍼뜩 정신이 들었다.

홀로 도망치고 말았지만 앞으로는 같은 운명을 겪게 될 자매들을 그대로 둘 수는 없었다.

그래서 모린은 말했다.

"……알렉 님, 많은 폐를 끼쳤어요. 저는 지금부터 앤로지 님의 저택을 찾아가서 여동생들을 구해 내겠어요. 그러니 모쪼록 저와 알렉 님 사이에 아무 연관이 없었던 걸로 해주시겠어요? 전 범죄자가 되어 쫓기게 될 테니 분명 폐가 될 거예요."

"그만두시는 게 좋을 겁니다."

"하지만 달리 방도가 없는걸요."

"헌병대의 대장님 저택에서 사람을 납치하는 건 여러모로 현실적인 일은 아니지요. 난이도 자체는 모린 씨가 도전했던 던전보다 낮을 거예요. 하지만 그 후에 여동생들을 데리고 어떻게 생활을 꾸려 갈 수 있을까요?"

"그건……."

"모험가 중에 질 나쁜 사람이 많다고는 하지만 헌병의 저택을 습격한다면 아무리 길드라도 지켜 주려 하지 않을 거예요. 그렇게 되면 모린 씨가 갈 곳은 결국 범죄자의 길밖에 없겠죠. 유감스럽지만 저희 여관 숙박객을 범죄자로 만들 생각은 없습니다."

"평판에 금이 가겠지요. 그런 점은 정말 죄송하다고……."

"아니요. 서포트를 약속한 입장에서 모란 씨의 장래에 그늘이 드리우는 건 두고 볼 수 없지요."

"하지만 지금 구하지 못한다면 아무것도 모르는 아이들이 언젠가 범죄자가 되고 말 거예요."

"구하는 것 자체는 찬성합니다. 그 부분은 모쪼록 자유롭게 하시길."

알렉은 여전히 미소를 머금고 있었다.

모린은 더욱 큰 혼란에 빠져들었다.

"여동생을 구하는 건 괜찮고 저택에 침입해서 동생을 납치하는 건 안 된다고 하시는 건가요?"

"그렇네요."

"달리, 어떤 방법이……."

"제가 있던 세계에서는 이런 말이 있었지요."

"네? 말? 세계?"

" '들키지 않으면 범죄가 아니야'."

"……."

이 사람은 도대체 무슨 말을 하는 걸까.

모린은 어안이 벙벙했다.

알렉은 표정 하나 변하지 않고 말을 이었다.

"저는 모린 씨를 구해줄 수 없어요. 수행까지는 도울 수 있지만 모린 씨를 구한다면 성장의 기회를 박탈하게 될 테지요. 그러니 모린 씨가 여동생을 구하러 간다 해도 저는 힘을 빌려주지 않을 겁니다."

"그건…… 죄송해요. 진심을 말씀드리면 알렉 님께 도움을 받을 수 있지 않을까 하는 마음이 전혀 없었던 건 아니었어요."

"그랬군요. 그렇지만 모린 씨는 어떤 의미로는 운이 좋았지요."

"……운, 말인가요?"

"그렇습니다. 사실 저는 여관 주인 말고도 여러 활동을 하고 있거든요."

"고문 같은 거요?"

"아니요. 고문은 안 합니다."

"그럼 달리 어떤 일을 하시나요?"

" '여우' 지요."

"……네?"

"아주 옛날, 섬광의…… 이건 상관없나. 이해하기 힘들 테고. '은 여우단'이라는 클랜이 있었지요. 무척 대단한 클랜이었어요. 그곳에는 전설적인 범죄자가 몇 명이나 있었죠."

"……."

"그중에서도 가장 전설적인 범죄자가 세 명 있었습니다. 클랜 리더를 맡고 있던 '잿빛'이라는 암살자. 지금까지도 수수께끼로 남은 '섬광'이라는 인물. 그리고—— 도적으로 이름을 날린 '여우'입니다. 도적단이 아니라 한 여성을 가리키는 명칭이에요."

"……"

"'은여우단'이라는 건 본래 '잿빛'과 '섬광', '여우', 세 명이 설립한 클랜으로, 세 명의 이름을 합쳐서 '섬광의 잿빛 여우단'이 었지요. 그렇지만 '섬광'이 죽고 이름을 '은여우단'으로 바꾸게 됩니다."

"……어, 음."

"저는 그 세 명에게 훈련을 받고 세 명의 이름을 계승했어요."

"……"

"그래서 저는 '잿빛'인 동시에 '섬광'이며 '여우'이기도 하죠. 그리고 지금의 저는 물론 선량한 여관 주인이지만…… 셋의 이름을 제멋대로 사용하는 사람에게는 사용하지 말아 달라는 부탁을 하는 활동도 하고 있어요. 그 이름을 함부로 사용하는 건 도발 행위 같은 것이니 진짜가 찾아와 주길 바라는 거겠지요."

모린은 이야기를 듣는 동안 점점 더 영문을 알 수 없는 심정이 되었다.

알렉이 너무나도 담담하게, 변화조차 없이 이야기를 늘어놓는 탓도 있었다.

중대한 일을 털어놓고 있는 게 분명한데도 농담으로밖에 들리지 않았다.

농담 같은 말을 늘어놓으면서도 웃음 한 점 엿보이지 않았다.

진짜일까.

거짓말일까.

현실감이 흔들렸다.

"그래서 제멋대로 '여우'라는 이름을 이용하신 분에게는 원하시는 바를 이뤄드려야겠지요."

미소.

여전한 표정——. 그런데도 모린은 알렉에게서 이전에는 느껴본 적이 없었던, 오싹함을 느꼈다.

잠들었던 맹수가 눈을 뜨는 듯한, 눈앞에 있는 것만으로도 얼어붙을 것만 같은 공포를 느꼈다.

"그렇게 되면 저택은 혼란에 빠질 거예요."

이어지는 말은 없었지만.

모린은 알렉의 의도를 깨달았다.

그러니 일부러 그가 입에 담지 않았던 말을 꺼냈다.

"……그럼, 모든 게 알렉 님 책임이 되는 것 아닌가요? 알렉 님이 만들어낸 혼란이 한창일 때 제 자매들이 사라진다면 알렉 님이 악당이 되지 않나요?"

"이런, 이런. 저는 악당이 아닙니다."

"……그런 말을 하는 게 아니에요."

"하지만 정의도 아니지요."

"……."

"백도 흑도 아니에요. 완전한 잿빛입니다. 악을 타도하지도 않고 정의를 내세우지도 않아요. ──교활하게 숨어들어서 비열하게 보신을 도모하죠. 그러니 모쪼록 염려는 놓으시기를. 그런 문제를 해결할 정도의 준비는, 그동안 살아온 과정을 통해서 벌써 몸에 익히고 있으니까요."

모린은 그제야 그를 조금은 이해할 수 있을 것 같았다.

두렵지만 악은 아니다.

또한 정의도 아니었다.

그렇구나. 그의 말 그대로였다.

결론을 내자면.

"……알렉 님은 좋은 사람이네요."

모린이 웃었다.

알렉이 쓴웃음을 지었다.

"그렇지 않습니다. 굳이 말한다면 이건 아내를 위한 활동이지요."

"사모님이요?"

"네. '여우'나 '섬광', 둘 중 하나는 아내의 어머니거든요."

"……네?"

"장모님의 명예를 지키는 것도 남편의 일이잖아요?"

살짝 수줍은 듯이.

그렇게 대답했다.

○

"안녕하세요. 다소 무례한 방문을 하게 되어 실례가 많습니다."

앤로지는 복도에서 그렇게 말하는 남자를 마주쳤다.

호화로운 융단이 깔린, 가늘고 긴 복도였다.

이 주변은 완전한 통로로, 부근에는 방이 없었다.

사실 이곳은——만에 하나의 일이 생길 때 외부로 도망치기 위한 비밀 통로였다.

그곳에 어째서인지 남자가 잠복하고 있었다.

복도는 밝았다.

벌써 밤이었지만 내부에는 일정한 간격을 두고 밝게 빛나는 램프가 놓여 있었다.

앤로지는 백발을 한 여성이었다.

신경질적으로 보이는 생김새에 무척 왜소했다.

스커트 부분이 크게 부풀어 오른 구식 원피스를 입고 있었다.

허리에는 검이 있었다.

가늘고 긴 레이피어. 그 끝단이 눈으로는 확인하기 어려울 정도로 가늘었다.

또한 휘두르면 휘어질 정도로 부드럽고 질긴 철로 만들어진 고급품이었다.

상대가 몬스터라면 별 도움이 안 되겠지만 상대가 인간이라면 이만큼 뛰어난 검이 없었다.

모험가와는 다르게 대인전이 많은 그녀가 선호하는 무기였다.

앤로지는 화를 억누르지 못하는 음성으로 말했다.

"거기서 비켜요! 지금은 무척 바쁩니다!"

그녀는 보기 드물게 화가 나 있었다.

오늘은 너무나도 불운한 일이 많았다.

낮.

모처럼 먹기 좋게 기른 아인을, 바로 직전에 놓치고 말았다.

그쪽에서 자신을 신뢰하도록 폐쇄적인 환경에서 길러왔건만.

배신을 당했다는 걸 안 순간 절망에 휩싸이는 얼굴을 보기 위해서 애지중지 길러 왔건만.

15년 동안 보관했던 포도주.

그 병이 깨지고 모든 게 허사가 되어버린 듯한 심정이었다.

그리고──밤.

습격을 받았다.

바깥문이 폭발했다고 깨닫자마자 저택은 금세 불길에 휩싸였다.

경비를 위해서 모아둔 병사들도 무슨 일이 벌어졌는지 겁에 질려서 도망치고 말았다.

수적 우위도, 거점도 위태로울 판이니 앤로지는 우선 도망치는 걸 선택했다.

일단 이곳을 빠져나가서 태세를 정비한다.

그리고 그녀가 이끄는 헌병단 제2 대대를 출전시킨다.

반드시 범인을 붙들어서 왜 이런 짓을 저질렀는지 자백하게 할 것이다.

덤으로 도망친 아인을 범인으로 만들어서 대규모 수색의 구실로 삼아 주마.

그런 계획을 세운 참이었다.

──지금.

한 남자가 그녀의 앞을 가로막았다.

기묘하면서도 화가 치미는 남자였다.

은색 모피로 만든 망토.

불길한 장식이 된, 광택 있는 소재로 만든 가면.

그러나 얼굴을 숨길 생각은 없는지 가면은 얼굴에 빗겨 쓰고 있었다.

여우 가면 옆으로 엿보이는 가느다란 눈.

나이를 가늠하기 어려운 남자의, 감정을 읽기 힘든 미소.

아인이라면 벌써 죽이고도 남을 참이었다.

앤로지가 공격에 나서지 않은 건 그가 '인간'이라는 이유밖에 없었다.

다시 말해서── 헌병으로서의 책무.

인간을 범죄로부터 지킨다는 긍지.

그러나 남자는 책무와 짜증스러움 속에서 흔들리는 앤로지를 도발하듯 느긋하게 입을 열었다.

"바쁘신 와중에 정말 면목이 없습니다."

"……애초에, 당신은 정체가 뭐죠? 평범한 사람은 여길 들어올 수 없답니다."

"말투가 모린 씨랑 똑같네요."

앤로지는 미간을 찌푸렸다.

그리고 허리의 검을 뽑아 들었다.

"당신, 아인의 동료라도 되나요?"

"직접 기른 아이들이죠? 딸이나 다름없는 상대를 '아인' 같은 차별적인 용어로 부르는 건 바람직한 일은 아니죠?"

"무슨 상관이람! ……아니, 최후통첩하겠어요. 거기서 비켜나세요. 헌병단 제2 대대장의 권한으로, 당신을 체포하겠어요. 따르지 않겠다면 실력으로 포박할 수밖에."

"모린 씨는 당신을 어지간히도 존경하고 본보기로 삼았던 모양이네요."

"최후통첩이라고 했을 텐데요!"

앤로지가 재빨리 검을 겨누었다.

그 검날은 분명하게 남자의 목덜미에 닿았다.

그러나 벨 수는 없었다.

아무리 힘을 넣어도 검 자체가 휘어질 뿐———.

그녀의 검은 남자의 목덜미를 조금도 파고들 수 없었다.

"개인적인 분노도 없지는 않지만 그보다 용건을 먼저 마무리할까요."

남자가 다가왔다.

목에 닿은 검을 치울 생각도 않은 채로.

앤로지는 한걸음 뒤로 물러섰다.

그보다 먼저 어느 틈엔가 남자가 거리를 좁혀 앤로지의, 검을 든 손을 붙들었다.

그녀의 목에서 메마른 신음이 흘러나왔다.

"히익……?!"

"제멋대로 '여우'라는 이름을 이용한 걸 정정해 주셨으면 하여 찾아뵈었습니다."

"'여우'……?"

"10년 전에 죽은 범죄자 및 그 인물이 이끌었던 도적단이지요. 공식 기록은 그렇게 되어 있을 텐데요. ……그런데도 당신이 체포한 사람 중에는 '여우'의 구성원이 적지 않은 모양이네요."

"무, 무슨…… 어, 어떻게, 그걸……?"

"정보 입수처를 밝힐 수는 없지만 출처는 확실하죠. 어쨌든, 곤란한 일이에요. '여우'의 이름을 이용하면 안 되죠. 돌려받도록 하지요. 그 이름은 제 것입니다."

앤로지는 남자의 가면을 바라보았다.

불길한, 낯선 그림이 그려진 가면.

그것은 흡사 개와도 같은.

아니면 여우와도 같은.

"……!"

공포로 목이 틀어막혀 신음조차 나오지 않았다.

──마침내 깨달았다.

죽은 여우가 자신의 모피를 돌려받으러 온 것이다.

"이해해 주신 것 같아서 무척 감사드립니다. 그럼 반성의 빛을 보여 주실까요."

남자는 옅은 미소를 머금은 채 비어있는 손을 옆으로 내밀었다.

그러자 희미하게 반짝이는 구체가 나타났다.

"자, '세이브 하겠다.'라는 선언을."

"……뭐, 뭐라고요?"

혼란에 빠진 머리는 반응하지 않았다.

남자가 고개를 갸웃했다.

그리고 앤로지의 손을 놓아주었다.

별안간 풀려난 몸은 당혹감 속에서 움직이지 않았다.

그, 앤로지의── 검 끝을.

남자가 한 손으로 붙들었다.

"잘 휘어지는, 좋은 철이네요."

엄지로 구부렸다.

그리고.

따악.

나뭇가지를 구부리듯이, 손끝의 힘만으로 검을 부러뜨렸다.

앤로지는 눈을 크게 떴다.

휘어지는 금속은 그저 단단하기만 한 금속보다 부러뜨리기 어렵다.

손가락의 힘만으로 부러질 만한 물건이었다면 인체에 박힐 수는 없다.

그것을 이토록 간단히.

펜을 부러뜨리듯이.

남자는 부러뜨렸다.

검 끝에서부터 시작해 점점 손잡이를 향해 거리를 좁혀왔다.

"검 끝이 부러졌지요. 가운데도 부러졌습니다. 다음은 검날 끝

부분을 부러뜨려 보죠. 그 다음에는, 예상되나요? 계속 부러뜨려 나가면 점점 당신의 손과 가까워지겠지요. 검이 '사라지기' 전에 세이브하는 게 당신에게도 좋을 거라고 생각합니다만."

남자가 미소를 머금은 채로 손잡이에 붙은 검날을 꺾었다.

다음은 손잡이인 모양이다.

다음은?

──손가락.

앤로지는.

가까스로 사고력을 되찾았다.

"세이브! 세이브하겠어요!"

새된 음성으로 소리치자 손가락을 향해 다가왔던 남자의 손이 허공에서 멈춰 섰다.

"협력해 주셔서 감사합니다. 그럼 이대로 자백을 들어볼까요."

"자, 자백?"

"당신이 지금껏 '여우'라는 명목으로 잡아들인 사람들에 관한 이야기죠. 저도 어느 정도는 정보를 갖고 있으니 확인을 좀 하고 싶어서요."

"……."

"괜찮아요. 느긋하게 해도 괜찮으니까. 시간은 얼마든지 있지요. 다만, 거짓말을 하거나 도망치려 들지 않는 게 좋을 거라는 충고 정도는 해드리죠. 좋지 못한 짓을 하는 부위는 미리 절제해야 할 경우도 있으니까요."

남자는 망토 아래에서 투박한 나이프를 꺼내 들었다.

그것은 손잡이가 달렸을 뿐인 금속 덩어리였다.

검의 손맛 같은 건 조금도 기대할 수 없는, 칼날이라도 불러도 좋을지 망설임이 일어나는 물건이었다.

"그래도 여전히 이해가 어렵다면 한 번 정도는 시험해 봐도 좋겠네요. 무슨 일이 있더라도 어차피 죽지는 않을 테니까요. 로드만 한다면 돌아올 수 있어요. 고아를 길렀다는 당신의 행위 자체는 세간에서도 높게 평가받을 선행이니까요. 지금껏 손발도 혀도 무사한 채로 살아올 수 있었잖아요? 그게 없어진다면 아이들이 슬퍼할 테니 저도 배려를 해드리겠습니다."

남자는 웃고 있었다.

그것은 절대적인 우위를 짊어진, 승자의 미소──가 아니었고,

흉악한 욕망이 흘러넘치는 정신 이상자의 미소──조차 아니었다.

그저 평범한 미소.

일상적으로 보이는, 상대에게 안심을 전하기 위한 사람의, 다정한 미소.

그래서 더더욱 두려웠다.

이 상황에서도 그렇게 평범하게 웃을 수 있는 상대는 분명 멀쩡한 인간은 아니라는 걸, 앤로지는 깨닫고야 말았다.

○

"저기, 알렉 님, 앤로지 님께서 굉장한 기세로 사과를 하시던데

요……."

앤로지의 저택을 습격했던 다음 날 아침.

'은 여우 여관' 1층 식당에는 많은 손님이 모여 있었다.

……그러나 식사 시간임을 감안하더라도 평소보다 지나치게 많은 숫자였다.

오늘은 숙박객과 종업원만이 아니었다.

앤로지의 표현에 따르면 '아인'이라고 불리는 소년, 소녀들이 있었다.

모두 합해서 일곱 명.

모린을 포함한다면 여덟.

그 아이들은 앤로지의 저택에서 빠져나와서 곧장 '은 여우 여관'에서 밤을 보냈다.

그리고 지금에 이르게 되었다.

알렉은 카운터 안에서 콩을 볶으며 물었다.

"좀 전에 만난 건가요?"

"네……. 알렉 님이 말씀하신 대로 중앙대로 주변에서…… 전혀 다른 사람이라도 되신 것처럼, 진심으로 사과하셨어요. 누명을 씌웠던 것과 무시한 걸 사과하고, 앞으로도 저택에서 머물러도 괜찮다고, 그렇게……."

"잘된 일이네요. 앞으로는 드디어 그토록 바랐던 집으로 돌아갈 수 있겠어요. 이번엔 다른 속셈 없이 모린 씨를 친아이처럼 사랑

해 줄 그런 분의 집이네요."

"아니요. 사람이 그렇게까지 바뀌면 오히려 다른 꿍꿍이가 있는 게 아닐까 하는 의심이 드는데요."

"괜찮지 않을까요. 좋은 방향으로 이야기가 마무리될 것 같네요."

알렉이 웃었다.

그래서 모린은 이야기를 이어나가는 걸 포기했다.

앤로지가 하루아침에 다른 사람이 되어버린 배경이 무엇인지, 그에게 직접 묻는다면 답해 줄 것 같기는 했지만…….

답을 듣는 게 어쩐지 두려웠다.

그보다도 그에게 감사 인사를 하고 싶었다.

"……어쨌든 감사드리고 싶어요. 앤로지 님이 크게 반성을 하셨으니 이 아이들을 이렇게 데리고 나올 필요는 없었던 것도 같지만……."

"사람의 마음은 알 수가 없는 법이니까요. 반성했는지 어떤지는 타고난 성품과 관련된 일이니까요. 만약 안 되겠다 싶을 때를 위해서 데리고 나올 필요는 있지 않을까요."

"그렇네요."

"이번에야말로 정말 체크아웃을 하겠네요."

그가 웃었다.

모린은 각오를 다지고 입술을 뗐다.

"저기, 그 부분으로 부탁이 있답니다."

"네?"

"이번 일로 저는 큰 깨달음을 얻었답니다……. 만약 집에서 어떤 사건이 벌어졌을 때 도망칠 곳이 필요하지 않을까 하고. …… 저도, 그리고 이 아이들에게도요."

"그렇네요."

"그러니…… 이 아이들을 저택에 돌려보낸 뒤에 저는 집에 돌아가지 않고 모험가로 있으려고 해요."

"……."

"그리고 이 아이들이 마을에 나올 때 들를 수 있는 장소를 만들고 싶다고 마음먹게 되었답니다."

"……그렇군요. 그래서요?"

"그래서 말인데요…… 저, 여관 경영을 하고 싶다는 생각이 들었답니다."

"……."

"그래서, 뭐라 말씀드려야 좋을지……. 이 여관에서 여관 경영을 배울 수 있을까요? 제가 많이 모자랄지도 모르지만…… 목욕탕이라면 제힘으로도 만들 수 있고……."

여섯 개의 마법을 동시에 발동해 오랜 시간 유지한다.

알렉이 큰 어려움 없이 진행했던 어려운 일이었다.

아무래도 지금의 모린에게 보지도 않고 유지하는 것까지는 힘들겠지만…….

관찰하면서 몇 시간을 유지하는 정도는 가능하리라.

마법도 다섯 개까지는 동시에 발동할 수 있게 되었으니까.

모린이 알렉을 조심스럽게 바라보았다.

알렉은 곤란한 듯이 머리를 긁적였다.

"……그러고 보니 목욕탕 출장을 부탁받았는데, 하필이면 그날은 눈을 뗄 수 없는 수행이 있는 날과 겹쳤죠."

"……."

"아내를 보낼까 생각했지만 쌍둥이에게만 가게를 맡기는 건 아직 좀 불안감이 있지요."

"……."

"그러니 저를 대신해서 출장을 나가 목욕탕을 설치할 인재가 필요하다는 생각은 드네요."

"……그, 그렇다면?"

"가능하다면 모린 씨께 부탁하고 싶네요."

"네, 물론이에요! 있는 힘을 다해서 노력하겠어요!"

모린이 웃었다.

──그녀가 처음으로 품은 꿈이었다.

무시당하고, 매도당하고, 재능이 없다는 취급을 받고 언제나 실패를 거듭했다.

저택을 나와 도움을 받고 수행하여 재능을 꽃피우면서 처음으로 미래의 자신을 그리게 되었다.

지금은 비록 작지만 첫걸음을 내디뎠다.

집을 떠나 자신감을 손에 넣었다.

……그녀가 처음 발을 내디딘 그곳은.

"그럼 주말에는 여왕님을 찾아뵙고 여자 모임에 목욕탕 설치를 부탁드릴게요."

"……여왕님이요?"

"여왕 폐하시죠. 사실 여왕 폐하께 부탁을 드린 게 있어서 그 보답으로 목욕탕을 설치해드리기로 했었죠. 거절할 수도 없고 곤란하던 참이었거든요."

"……어, 어, 음, 저는 지금 혼란에 빠졌답니다. 여왕 폐하라 하심은 저기, 그 왕도의 커다란 성에 살고 계시는, 여왕 폐하를 말씀하시는 게 틀림없나요?"

"다른 여왕 폐하는 없지 않을까요?"

"처, 첫 임무가, 여, 여왕 폐하의, 모, 목욕, 담당……?"

"그런 셈이네요. 이야, 같은 여성이니 마침 잘됐네요."

"……에헤헤."

웃을 수밖에 없는 큰 임무.

그녀는 당장에라도 현실에 무너질 것만 같았다.

후기

처음 뵙겠습니다. 이 책을 구매해 주셔서 감사합니다.

본 작품은 많은 분의 협력을 통해 완성되었습니다.

그중에서도 가장 자주 얼굴을 뵙는 분이 담당 편집자이십니다. 앞선 제안이 없었더라면 이러한 기회를 얻는 일도 없었겠지요. 저를 거두어 주셔서 정말 감사합니다.

일러스트레이터인 카토 이츠와 님께서 멋진 일러스트를 그려 주셨습니다. 여성 캐릭터도 당연히 좋았지만 주인공인 알렉은 특히나. 이렇게 '도통 알 수 없는 존재' 정도로밖에 묘사되어 있지 않은 캐릭터를 시각적으로 훌륭하게 그려 주셔서 감탄을 금할 수가 없습니다. 정말 감사합니다. 2권의 캐릭터도 잘 부탁드립니다.

마지막으로 독자 여러분. 이 작품은 블랙코미디 계열입니다.

'영문을 알 수 없다', '머리가 이상한 거 아냐?' 라는 평가를 받게 될 각오도 했지만 즐겁게 읽고 보듬어 주신 덕분에 출판에 이르게 되었습니다. 정말 감사합니다.

　많은 도움에 보답하기 위해 작가인 저도 있는 힘을 다해 써 내려가고 있으니 앞으로도 모쪼록 잘 부탁드립니다.

이나리 류

세이브&로드가 되는 여관 1

2022년 03월 15일 제1판 인쇄
2022년 03월 25일 제1판 발행

지음 이나리 류
일러스트 카토 이츠와

발행 영상출판미디어(주)
등록번호 제 2002-000003호
주소 21315 인천광역시 부평구 부평대로 283 A동 702호
전화 032-505-2973(代) | FAX 032-505-2982

ISBN 979-11-380-1115-0
ISBN 979-11-380-1114-3 (세트)

SAVE & LOAD NO DEKIRU YADOYASAN
ⓒ2016 by Ryu Inari
ⓒ2016 by Itsuwa Kato (Illustration)
All rights reserved.
First published in Japan in 2016 by SHUEISHA Inc, Tokyo.
Korean translation rights in Rebublic of Korea arranged by SHUEISHA Inc.
through THE SAKAI AGENCY.
Korean editon for distribution and sale in Republic of Korea only.

이 책의 한국어판 저작권은 저작권자와의 독점계약으로 영상출판미디어(주)에 있습니다.
저작권법으로 보호를 받는 저작물이므로 무단전재 및 복제를 금합니다.

구매 시 파손된 도서는 구매처에서 교환하실 수 있습니다.
기타 불편사항, 문의사항이 있으신 독자님께서는 노블엔진 홈페이지
[http://novelengine.com] 에서 Q&A 게시판을 이용해 주시기 바랍니다.